La Compleja M

El santuario pecaminoso
secretos de la chica buena y mala

Anna Gary

This is a work of fiction. Similarities to real people, places, or events are entirely coincidental.

LA COMPLEJA MUJER FATAL

First edition. November 10, 2023.

Copyright © 2023 Anna Gary.

ISBN: 979-8223075745

Written by Anna Gary.

Also by Anna Gary

Ingrese al mundo prohibido de "La compleja Femme Fatale", una historia emocionante y cautivadora que desdibuja la línea entre la lujuria y la devoción.

En el corazón de una ciudad sin ley, hay un monasterio. La tranquilidad se erige como un oasis neutral, gobernado por el misterioso administrador Bjornsson.

Obligado por un juramento y ungido por el poder divino, es un hombre de fe inquebrantable, hasta que un seductor regalo del famoso Kane Santino amenaza con romper su determinación.

Conoce a Angel, una joven valiente y valiente atrapada en una peligrosa red.

Secuestrada y abandonada a las puertas del monasterio, se encuentra frente a un hombre que la asusta e intriga a la vez.

La atracción entre ellos es innegable, pero su conexión podría conducir a la destrucción.

A medida que se revelan los secretos y se encienden los deseos, La compleja mujer fatal" se sumerge en un mundo donde la redención y el pecado coexisten, las líneas entre el bien y el mal se desvanecen en tentadores tonos de gris.

Con cada vuelta de página, el lector se adentrará más profundamente en una fascinante historia de tentación, misterio y la batalla final entre lo sagrado y lo profano.

Prepárate para dejarte encantar por "La compleja mujer fatal", una novela que explora las complejidades del amor, el poder y la búsqueda de la redención en un mundo donde nada parece igual.

¿Sucumbirán a la tentación de una pasión prohibida o podrán encontrar la salvación en medio de la oscuridad de sus propios deseos?

Sumérgete en esta fascinante historia, donde cada capítulo revela nuevas capas de intriga y pasión, dejándote sin aliento y con ganas de más.

Björnssen

El monasterio es un espacio neutral en medio de una ciudad sin ley y yo soy su administrador. Ungido por el Todopoderoso y responsable únicamente ante el Obispo, mantengo la paz. A veces la gente intenta sobornarme con regalos: bienes, dinero... personas. No me importa esto. Después de todo, soy un hombre de tela. Hice mis votos y los cumplí y nunca tuve la tentación de alejarme. Este nuevo regalo podría destrozarme. Ella puede hacerme renunciar a mi voto. Definitivamente me llevó por el camino del pecado.

Ángel

Vale, soy estúpido. En un intento por proteger a mi amigo, fui secuestrado y abandonado frente a un... ¿lugar parecido a una iglesia? Realmente no lo se. La mansión de piedra está rodeada de altos muros y vidrieras. Hay un hombre aquí vistiéndose y oh, me muero por lo que pienso de él. Honestamente, necesito irme de aquí porque tengo miedo de que si me quedo no querré irme nunca.

CAPÍTULO 1

BJORNSSON

"¿Es usted sacerdote? gritó la joven mientras entraba a la pequeña sala de espera donde mi equipo dejó el regalo de Kane Santino. Me detuve en seco cuando la vi. Cabello negro azabache, piel color miel, ojos tan negros como mi alma. Sus pies calzados con zapatillas colgaban frente a ella. Perezosamente, especulé sobre su edad. Concluí: lo suficientemente mayor para saber más, pero demasiado joven para estar aquí. Controlé mi imaginación desbocada y respondí: "¿Hay algún problema?"

"Ningún sacerdote que conozco ataría a una niña a una silla". Ella está en contra de los enlaces.

Pasé los dedos por mi cuello blanco. Si lo supiera, definitivamente gritaría de ira. Tiene todas las características de una buena chica, lo que significa que está fuera del alcance de alguien como yo. Puse mi mano sobre su cabeza. "Ten cuidado, no quiero que te lastimes".

A menos que a ella le guste. A menos que el ligero dolor hiciera que su cuerpo se tensara de excitación y anticipación. A menos que el mordisco del arnés o la gota caliente de cera de vela provoquen gemidos de placer. Entonces podría resultar herida. O puedo hacerlo por ella. Con cuidado apreté mis manos en puños, apretando mis dedos hasta que la necesidad aflojó su agarre en mi cuello.

"Como si te importara". Ella saltó de nuevo con un ceño enojado grabado en su frente. Ni siquiera estas líneas pueden estropear su belleza. Quizás parezca un ángel cuando llora. Los hombres han puesto tesoros a sus pies. Estoy seguro y cierto. ¿Dónde la encontró Santino y qué tiene de importante? Es más importante que cualquier otra cosa. No quiero tener que luchar contra su organización. Me di por vencido hace mucho tiempo. Alguien en este sucio mundo tiene que ser el árbitro, un suizo, ¿y yo? Por supuesto, tuve que deshacerme de algunos inconformistas, pero ya nadie se oponía a mis puntos de vista. Todos reconocieron la

3

necesidad del Padre Bjornsson y del Oratorio. En los viejos tiempos, la gente habría traído a esta chica a mi puerta como recompensa. Ya nadie hace eso porque fue un pecado que yo me negué a cometer.

Agarré su mandíbula con la palma de mi mano y giré su rostro de izquierda a derecha. "Te ves demasiado bien para quedar atrapado en el lío de Santino". Aunque mi consejo puede llegar demasiado tarde, ¿ehmm? »

"¿Qué hay de ti? ¿Eres lo suficientemente feo como para lidiar con este tipo Santino?"

Me río. "Sí, por supuesto. A nadie le gusta esta cara. Me di unas palmaditas en la mejilla. La niña se sonrojó y miró hacia otro lado. En el pasado me han llamado de muchas maneras: desalmada, inmoral, malcriada, pero no fea. Estoy interesada. " ¿Qué parte de mi expresión facial te molesta más? »

"Cualquier chico que tenga que pedir cumplidos es un imbécil". Ella sollozó. "Un tipo mezquino sentiría la necesidad de refutar de inmediato". Incliné la cabeza hacia un lado y lo encontré a los ojos. "No estoy aquí para hacerte daño, Ángel, pero hay una chica en la casa de Kane Santino. Tienes una relación con ella. ¿Por qué no comparte todos los detalles con el padre Bjornsson? Puedes considerar esta tu confesión de la semana.

El silencio reinó mientras la boca de la chica permanecía obstinadamente cerrada. Puedo abrirlo. Tenía las manos, las pastillas en el bolsillo y el cinturón alrededor de mis pantalones de lana negros, pero no hacía nada. Dejé que el silencio flotara entre nosotros como una gran nube. Esta chica tiene una dulzura, una inocencia que casi puedes sentir. Despertó algo primitivo dentro de mí. No soy un hombre propenso a impulsos imprudentes. He construido mi imperio sobre la base de decisiones sólidas y reflexivas. Esto me hace digno de confianza para personas de todos los ámbitos de la vida. Si hay un problema que no puede resolver, llame a la Capilla.

"No soy un mal hombre. Sólo alguien que necesita un poco de información. Dime quién es esta chica y podrás ser libre.

"Así es. ¿Como que me vas a dejar salir ileso de aquí y por eso estoy atado? He visto esa película antes. Una vez que muestres tu rostro, la persona sentada en la silla morirá y yo soy esa persona." sentado en la silla.

"No me importa si me ves. No dudes en contar a los demás todo lo que hayas observado en esta Capilla. Caminé detrás de ella y aflojé la cuerda. Había marcas rojas donde ella luchaba contra sus ataduras. Tosí en mi puño para ocultar mi gemido. Maldita sea, eso es sexy. Quiero atarlo de mil maneras diferentes con un millón de hilos diferentes. Su cuerpo sería perfecto, envuelto en una tanga de seda y un nudo, suspendido en medio del techo para que pudiera saborearla cada vez que tuviera hambre. Dudo que mi apetito sea insaciable.

"¿Supongo que guardarás tu secreto?" Intento expresarme en un tono suave.

"No te diré nada, eso es seguro". Su pequeña barbilla apuntaba hacia el techo. "Podrías atarme aquí durante una semana y todavía estaría amordazado".

"Te desaté", respondí.

"¿Qué?" Levantó las manos y se miró ambas manos con sorpresa, como si no pudiera creer que era libre. Cuando se dio cuenta, se levantó y corrió a abrir la puerta. La seguí en silencio mientras corría por el pasillo. Supongo que pensó que encontraría una salida, pero la iglesia era un laberinto de habitaciones y sólo había una salida. Desafortunadamente para ella, estaba cuidadosamente custodiada.

Lars, que estaba haciendo guardia en la puerta, observó la espalda de la niña mientras ella huía. "¿Debería ir a buscarla?"

"NO SON."

"¿Consigue la información que necesitas? »

"Si y no."

Él asintió y, un momento después, "¿Debería enviarla de regreso con Santino?"

"Por supuesto que no. Ella es mía ahora.

CAPITULO 2

ÁNGEL

Mi corazón se aceleró mientras corría por el largo y hermoso pasillo bordeado de vidrieras y obras de arte de primer nivel con marcos que parecían pesar más que yo. Una tristeza se apoderó de mí y no pude evitar admirar su belleza, pero esta podría ser mi única oportunidad de escapar. Juro que este lugar parece abandonado en Roma o algo así. No es que alguna vez lo haya sido. Lo más parecido sería Google Earth y lo que he leído en libros. Mi imaginación tendría que ser suficiente, ya que ciertamente no tenía los medios para semejante viaje.

Una sensación de alivio me invadió cuando llegué al final del pasillo. Puedo ir a la izquierda o a la derecha. Seguí mis instintos y fui a la derecha. Nunca me han decepcionado antes, así que espero que la suerte me acompañe. Miré hacia atrás pero no pude ver al sacerdote por ninguna parte. Aceleré el paso de todos modos, asegurándome de estar siempre un paso por delante de él. Pronto llegué al final del pasillo. Elegí ir a la derecha otra vez.

Intenté observar mi entorno mientras seguía caminando. La luz atravesó la puerta frente a mí. Estoy corriendo de nuevo. Extendí la mano para pasarlos. Incapaz de controlarme, miré hacia atrás mientras la puerta se cerraba pero no vi a nadie.

Yo sonrío. Lo hice. El sol calienta mi cara. Incliné la cabeza hacia atrás para mirar hacia arriba. El cristal cubre el techo, dejando entrar la luz. "Infierno." Miré a mi alrededor. Una fuente situada en el centro de un jardín. Las flores llenaron la enorme habitación cubierta. No escapé. "Puta."

"No está bien hablar en la iglesia". Me giré para mirar al sacerdote quien pensé que me iba a dejar ir pero claramente no fue así. Todo es sólo un juego. "¿Es usted realmente sacerdote o predicador? Gruñí. Sinceramente, no sabía la diferencia. Algunos de los padres adoptivos con los que crecí nos arrastraban a la iglesia aquí y allá. Era difícil de

7

creer cuando vi las cosas terribles que hicieron. lo hacen, pero todos los domingos vienen a orar para lavar sus pecados.

Disparates. Pueden orar hasta el día de su muerte y todavía recordaré algunas de las cosas que los vi hacer. No deberían ser perdonados. La prisión o la muerte sería el único resultado posible para ellos.

"Estoy tratando de mantener la paz".

Lo sé. Es imposible que este tipo sea un verdadero sacerdote. Es demasiado guapo para estar soltero. Se supone que son solteros, ¿verdad? Asi es como funciona. Hasta donde yo sé, están casados con su Dios. En realidad, creo que algunos de ellos podrían estar casados, pero no veo ningún anillo en su dedo.

"No vas a dejarme ir, ¿verdad?" Debería haberlo sabido cuando me desató tan fácilmente. Todavía puedo sentir las cuerdas contra mi piel.

El ardor de ellos no dolió. De hecho, tal vez lo hubiera disfrutado. No tuve la sensación de que estuvieran a punto de ser torturados. Tengo que dejar de pasar tanto tiempo en la biblioteca leyendo libros sucios. Pero la biblioteca siempre ha sido mi lugar seguro. Un lugar de consuelo. Así fue como conocí a Laurel.

"Tienes dos opciones. O me das la información o te quedas".

"¿Por qué no puedes dejarme ir?" Me declaro.

"Porque Santino hará que te recojan de nuevo y quién sabe adónde te enviará a continuación".

Yo trago.

Fue atrevido irrumpir en la casa de Kane Santino, pero no tenía muchas opciones. Laurel ya no estaba. Le fallé. Sabía que su padre no la estaba tratando bien. Con el tiempo noté que las cosas con él empeoraban cada vez más. Dejó de venir a la biblioteca o de salir de casa. Todo su mundo era ese pequeño apartamento encima de la tintorería que poseía su padre. Ella se había estado marchitando.

LA COMPLEJA MUJER FATAL   9

Lentamente, traté de atraerla y convencerla de que corriera conmigo. Luego cayó en manos de Santino. Uno de los hombres más temidos de la ciudad. Si la hubiera alejado de su padre antes, eso nunca habría sucedido. "Nunca te daré lo que me estás pidiendo. Así que supongo que será mejor que me ponga cómoda". Saco la barbilla.

"Entonces, ¿te mostraré tu habitación?"

"¿Qué?" Mis cejas se levantan, pero trato de ocultar rápidamente mi sorpresa. Eso no fue lo que pensé que iba a decir. Honestamente, no estaba seguro de cuál sería su próximo movimiento. Claramente no es el hombre normal del clero.

"Dijiste que querías ponerte cómodo".

"¿Vas en serio?" Su expresión no cambia, respondiendo mi pregunta sin palabras. "Así que soy un prisionero".

"Tú tienes la llave. Úselo en cualquier momento".

"Tendrás que quitármelo de la mano muerta". Le doy mi mejor mirada.

"Los muertos no cuentan cuentos".

"Estoy bastante seguro de que el tuyo sí. Tengo un libro completo o algo así". Paso a su lado, manteniendo los hombros hacia atrás. Su boca forma una línea. No sé si lo he cabreado o está luchando contra una sonrisa. Tomaré cualquiera de las dos como una pequeña victoria.

"¿Tienes un nombre o todos te llaman padre?"

"Alguno."

"¿Qué pasa con papá?" Muevo las cejas. Lo estoy presionando y lo sé, pero no puedo evitarlo. Estoy frustrado y quiero que alguien se enoje conmigo.

"Si lo desea. ¿Qué debería llamarte?"

"Prisionero 69".

"Te estas sonrojando." Él me abre la puerta. "Vamos, Ángel, antes de que muerdas más de lo que puedes masticar".

"¿Estás seguro de que soy yo a quien le han mordido más de lo que puedo masticar?" Yo desafío. Él avanza directamente hacia mí, ocupando todo el espacio, su cuerpo presionando contra el mío. Debería dar un paso atrás, pero no lo hago. El aire en mis pulmones se congela cuando siento el contorno de su polla contra mi estómago.

"No me tientes, Ángel". Se inclina. Su cálido aliento hace cosquillas en mis labios. "Voy a morder."

Vale, tal vez soy yo quien ha mordido más de lo que puedo masticar.

CAPÍTULO 3

BJORNSSON

"¿Te quedarás en la habitación de Mary y le darás deliciosas comidas?
» Lars frunció el ceño. "¿Debería pegarle después de cenar? »
"Preferiría que no hicieras eso." Me gustas, Lars, y si le haces daño,
te cortaré el cuello. Me corté un trozo de carne y me metí en la boca un
trozo de wagyu con sangre.

"¿Qué vas a hacer con ella?" Ella no hablaba y Santino nos llamaba.

"Santino tiene su propia paloma para sacar información. No necesita
a esta chica, y en algún momento, cuando su polla ya no domine su
proceso de pensamiento, se dará cuenta de ello. Me comí el último trozo
de carne y luego terminé mi copa de Borgoña. Una campana luminosa
sonó en la habitación señalando su llegada. "¿Ya es esa hora?" Miré el
reloj. Son las siete, lo que significa que ha llegado el padre Emerson. Me
limpié la boca y empujé la silla hacia atrás. Lars se dirigió inmediatamente
a la puerta. Mi guardaespaldas se toma en serio su trabajo. Abbott
Emerson está esperando en la sala de recepción. Su cuerpo ligero estaba
envuelto en una capa negra. Cuando sus ojos tocaron mi cuello, una
ligera sonrisa apareció en el rabillo de sus ojos. Extendió la mano. "Veo
que mantienes la fe".

Tomé esas manos viejas y manchadas de hígado y me incliné hasta
que mi frente quedó justo por encima de sus espaldas. "Como siempre."

Quitó una mano y la colocó detrás de mi cabeza. "Estás bien,
discípulo". Presionó con un movimiento hacia abajo. Hice lo que me
sugirieron, arrodillándome y levantando las palmas de las manos. Allí
se colocó un pequeño objeto, un plato. Abbott Emerson pronunció la
bendición. Cuando terminó de hablar, me llevé la mano a la boca e inhalé
el panecillo. Cerrando los ojos, me agradecí por capturar a mi propio
ángel. Lars se acercó a mí y colocó un cheque en la palma del padre
Emerson. "Por la Iglesia, desde la Capilla".

El hombre mayor miró el dinero. Una vez satisfecha su curiosidad, guardó las ofrendas en su bolsillo y se sentó en medio del sofá tapizado gruesamente. Serví whisky de 30 años en un vaso de cristal casi lleno y se lo di antes de sentarme.

Saborea su primer gran sorbo antes de decir: "Cada vez que lo visito, creo que esta será la última". ¿Cómo puede alguien con tantas tentaciones mantenerse puro?

"Supongo que escuchaste que Kane Santino me envió un regalo".

"¿Regalo? Más bien una sirena. Abbott Emerson se inclinó hacia adelante. "Hijo, has cumplido treinta años sin una sola mancha en tu historia. Has mantenido la capilla como un monasterio. Tus contribuciones a la Iglesia son generosas. No dejes que tu alma se contamine.

Pasé un dedo por mi labio inferior. A la Iglesia no le importa si robo o mato, pero si me acuesto con una mujer seré excomulgado.

"Mi alma todavía es pura, Abbott, pero gracias por cuidarme siempre". Levanté la mano y Lars se acercó con otro cheque. "Por favor, acepte este regalo adicional como expiación por cualquier pecado que haya pasado por alto".

Abbot anotó discretamente la cantidad antes de guardar el cheque. Como no hizo ningún comentario, el dinero que invirtió Lars debió compensar la cantidad de crímenes que Abbott afirmó que yo había cometido.

"Dejemos de lado este tema y hablemos de otra cosa", sugiere Abbott. Durante el resto de la visita, toca una serie de temas, desde cómo le desagrada el actual alcalde hasta su futuro viaje a la patria. Antes de partir, bendice la Capilla. "Le va bien aquí, padre Bjornsson. Por favor, cuídate mucho porque no quiero perder ni un solo miembro de mi rebaño".

"Eso suena como una amenaza", dice Lars después de cerrar la puerta detrás de la ondulante túnica negra del Abad.

"Las instituciones con vínculos internacionales siempre sienten que son más importantes que los capítulos locales". Tiro el whisky a la basura y luego, después de un momento de consideración, tiro el vaso allí también.

"Nunca saben lo que pasa en sus patios traseros", se queja Lars.

"Eso es bueno." Cuanto menos sepa la Iglesia sobre mi organización, mejor. Si supieran el alcance de mis posesiones, presentaría un problema y enviarían gente para retirar algunas de mis posesiones, para tratar de demostrar su poder sobre mí.

"¿Cuánto había en el segundo cheque?" Pregunto.

"Un par de ceros", responde Lars. "No pensé que habías pecado tan gravemente, pero tal vez en la próxima visita sean tres ceros".

"¿No tienes fe en mí?" No me había dado cuenta de que mi reacción hacia Angel fuera tan obvia.

"Todo hombre tiene una debilidad".

"Hablando de eso, ¿cómo está el ángel?"

"No comió mucho", dice Lars.

"Que te entreguen la tarta de terciopelo rojo. Nadie puede resistirse a eso".

"¿Crees que deberías visitarla a esta hora?" Lars parece preocupado.

"Siempre podemos enviar una oferta mayor si cree que mi comportamiento lo justifica".

Cuando llego a la suite Mary, un miembro del personal de la cocina se acerca con una bandeja.

"Te quitaré esto de las manos", le digo.

"Sí padre." El joven asiente tímidamente.

He visto este sólo una o dos veces. Hay algo extraño en él que no puedo identificar, pero no es algo que me interese lo suficiente como para explorar. Son muchos los que tienen secretos en la Capilla. Mientras pueda contar con su lealtad, son libres de guardarse sus demonios para sí mismos.

Llamo una vez y entro. Ángel está acostada en la cama envuelta en una gran bata blanca con una toalla envuelta alrededor de su cabeza. Mi cuerpo se tensa al pensar en ella desnuda y mojada, su cuerpo resbaladizo por el jabón. La bandeja casi se me escapa de las manos. Angel deja escapar un grito y cubre su mitad inferior con una manta.

"¿Crees que es correcto que entres así?" dice en tono hostil.

"Sí", digo, colocando la bandeja en la mesa que está situada frente a las puertas del balcón. "¿Estás disfrutando de tu alojamiento?"

"Sabes que es ilegal mantener a la gente encerrada".

Aparto las cortinas para que el sol poniente arroje rayos dorados en la habitación. "Sí".

"¿Cómo puedes ser un hombre de Dios y hacer cosas ilegales? Eso no tiene sentido".

Tomo asiento y le hago un gesto para que se una a mí. "Ven aquí y responderé todas las preguntas que tengas sobre mí".

Ella se sienta y me mira fijamente con una mirada sospechosa. "¿Cada pregunta?"

"Cada uno".

CAPÍTULO 4

ÁNGEL

No sé por dónde quiero empezar. Tenía tantas preguntas que quería hacerle a este hombre, pero casi no quería darle la satisfacción de hacérselas. Por lo que sé, podría estar mintiéndome mientras me manipula para que comparta mi propia identidad.

Una vez más, lo que me ofrece ahora es la comida más deliciosa que he comido en mi vida. Ya no sé qué tan rápido quiero escapar. Tomé un baño caliente por primera vez en meses.

Sabía que mi curiosidad eventualmente daría sus frutos porque quería saber más sobre este hombre apuesto y misterioso. Quizás él también sepa lo que está pasando con Laurel. Actualmente, esta es mi mejor fuente de información sobre ella.

Realmente no tengo prisa por ir a ningún lado ahora mismo. Aunque me quede aquí en contra de mi voluntad, el alojamiento sigue siendo mucho más lujoso que antes. Esto es mucho mejor que saltar de un refugio a otro cada dos semanas. Sólo se le permite permanecer un tiempo determinado en cada instalación. Por suerte, ahora los tengo en un sistema giratorio que he configurado para moverse de un lugar a otro.

"¿Qué postre es este? Pregunté, decidiendo que debería empezar poco a poco, derribando algunas de sus paredes para que pudiera relajarse y confiar más en mí. Estoy seguro de que intenta hacer lo mismo. ¿Me haría confesar todos mis pecados? ¿No es eso lo que se supone que debe hacer?

Vi una pequeña sonrisa en su hermoso rostro. Quiero decir, no pude evitar notar cómo lucía este hombre. Estoy bastante seguro de que esto debe ser algún tipo de pecado, pero afortunadamente para mí no creo en esas cosas.

¿Cómo puedo vivir la vida que me han dado? Mis padres no querían que me mudara de un hogar de acogida a otro hasta que tuviera edad suficiente para salir. Una vez más, soy una de las personas más

15

afortunadas en comparación con otros miembros del sistema. Lo superé sin ningún daño real. Luego me fui y salté a una pila gigante.

"Dije que vinieras aquí y responderé tus preguntas". Me arrastré hasta el lado de la cama. Esto hizo que mi falda se levantara. Capté que sus ojos se detenían allí por un momento antes de que se diera la vuelta. Me quité la toalla del cabello y la sequé por última vez antes de volver a colocarla en la cama y caminar hacia él. "Es un pastel de terciopelo rojo", dijo mientras me sentaba en el banco frente a la ventana. El sol va desapareciendo poco a poco. Por mi experiencia, sé que es entonces cuando la oscuridad siempre invade.

"¿Lo drogaste?" Entonces podrás hacer lo que quieras conmigo. Su boca formó una línea. Noto que hace esto cuando quiere ocultar cualquier emoción que esté tratando de mostrar en su rostro.

"¿Es por eso que apenas cenaste?»

"No", respondí honestamente.

Tomó un tenedor y cortó un trozo. Lo vi masticarlo y tragarlo. "Absolutamente.» Fue a cortar otro trozo. "¿Por qué no comiste algo más entonces?"

"Es difícil comer cuando tienes un nudo en el estómago".

"No te haré daño". Metió el bocado en mi boca. Mi ansiedad no viene de mí. Llevo una bata de baño suave en un dormitorio tamaño queen. La persona que me preocupa es mi amigo.

"¿Porque eres un clérigo? Sería romper las reglas". Me inclino y le doy el mordisco. Un pequeño gemido me deja cuando la dulzura explota sobre mi lengua. Respira profundamente ante los sonidos que estoy haciendo.

"No, no es por eso que no te lastimaría". Él responde a mi pregunta.

"Pero-"

"Ambos podemos leer las mismas palabras o ver el mismo evento desarrollarse frente a nosotros, pero nuestra experiencia es diferente a las demás. Cada uno interpreta las cosas de manera diferente".

¿Por qué nunca antes lo había pensado de esa manera? El tiene razón.

"Ambos podemos quedarnos de pie y ver morir a un hombre. Algunos podrían alegrarse por la justicia, mientras que otros podrían llorar de tristeza".

"¿Quién eres?" No entiendo a este hombre. Se tira del cuello.

"Yo simplemente mantengo la paz". ¿Una especie de guardián? ¿Quizás un segador a veces?

"¿A que costo?"

"Todos los costos". Me trae otro mordisco a la boca.

"¿El costo podría ser Laurel?"

"Creo que tu amigo es una amenaza mayor que Santino en este momento". ¿Cómo es posible?

"¿A quién?" Mi mente se acelera con ideas. ¿Por qué Santino se la llevaría? No hay razón. Consiguió la tienda de su padre. Lo único que tiene sentido es que Santino la quiera para él.

"Todos. Ahora ábreme". Separo mis labios y doy el mordisco. Sus palabras sólo confirman lo que estaba especulando. "¿Cómo te llamas?"

"Pensé que era yo quien hacía las preguntas". Lo miro de reojo. Sus ojos nunca me dejan. Me mira muy de cerca. Me parece que me gusta su atención hacia mí, lo cual es absolutamente una locura. "No sé. Nunca pudieron averiguar de dónde vengo, así que supongo que obtuve el nombre de un estado. Incluso tuve que adivinar mi fecha de nacimiento. No importa". Me encojo de hombros. "Llámame como quieras". Miro por la ventana, el sol casi se ha puesto. No es que alguien vaya a venir a buscarme.

En este mundo, realmente no soy nadie. Duele saber eso. No quería que Laurel sintiera lo mismo. Por eso vine. Quería que ella supiera que no pasaría desapercibida.

Un destino que siempre supe que sería el mío.

CAPÍTULO 5

BJORNSSON

¿Sin nombre? Oculto mi sorpresa cortando su filete sin comer. "Aquí."

Ella abre la boca obedientemente. Sigo alimentándola. Cuando agita la mano para indicar que ha terminado, me sirvo un vaso lleno de whisky y ella una pequeña copa de brandy. "Es dulce", lo prometo, pero su rostro se contrae ante el primer sorbo. Ella lo dejó a un lado. "Tu definición de dulce es diferente a la mía. El pastel es muy dulce. Eso es..." Sacó la lengua como un gatito.

La necesidad de levantarla y acariciarla hizo que mis dedos temblaran. Apreté los puños y recordé mi vocación y mi lugar.

"Tal vez. Me gusta un pequeño bocado de dulces", admití. "¿Cómo te llaman tus amigos? La niñera de Santino".

"¿Laurel? Le dije que mi nombre era Charlotte, en homenaje a la reina de la serie de Netflix. Ella la llama Charlie para abreviar.

"No lo vi".

"No esperaba que lo hicieras".

"Parece que esto fue un insulto involuntario. Lo veré esta noche para poder hablar contigo mañana. Es Carlota.

"No es un insulto. No parecía una visión que un hombre pudiera disfrutar. Leí que la mayoría de los dramas son vistos por mujeres de todos modos". Juega con el pequeño tenedor de postre antes de cogerlo y clavarlo en la tarta.

"¿Por qué me llamaste Ángel?" pregunta entre bocado y bocado.

"Porque te pareces a uno".

"Tengo el pelo oscuro". Apunta el tenedor hacia sus pesados mechones.

"¿Los ángeles no pueden tener cabello oscuro?"

"Siempre son rubias en las pinturas".

Me pregunto qué pinturas habrá visto. ¿Ha ido al museo a estudiarlos? ¿Los has visto en Internet? ¿Has mirado una antigua Biblia ilustrada? Quizas mas tarde. Las familias anfitrionas tuvieron tiempo de leerle pasajes de la Biblia pero no le dijeron su nombre. "A María la pintaron de cabello negro en la época prerrenacentista. La Biblia no tiene ninguna descripción del cabello de los ángeles, sólo que vestían túnicas blancas o estaban vestidos de luz". Paso una mano por mi corto cabello castaño. "No creo que Él nos hubiera hecho con cabello oscuro si ese fuera un factor determinante en nuestra entrada al cielo o al infierno".

"Está bien, estoy convencido". Raspa el fondo del plato y parece sorprendida al ver que se ha comido toda la tarta.

"Toma, toma otro". Empujo la segunda pieza hacia ella.

"¿No se supone que debes mantenerme alejado de la glotonería? ¿No es como uno de los siete pecados capitales?

"Dos trozos de pastel difícilmente hacen que una persona sea glotona".

"¿Cuántos?" pregunta mientras desliza el plato frente a ella. "Tal vez tres".

"¿Tres? Pensé que ibas a decir seis o algo así para hacerme sentir mejor por comer dos".

"Tres pasteles", aclaré. Es muy interesante esta Charlotte. Divertida, inteligente, bella, protectora. Como debería ser un ángel.

"Te lo estás inventando".

"No es que haya pautas en la Biblia sobre a cuántos postres uno debe limitarse".

"¿Alguna vez has comido tres pasteles completos?" Ella me señala con su tenedor. "Se honesto."

"Nunca soy más que honesto. Es parte del trabajo". Me froto el cuello con el pulgar. "Y no. Cuando era niño, comía medio pastel. Mi mamá me dio una buena paliza por eso, no porque me hubiera comido la mitad del pastel sino porque era para la cena de Pascua y ella no tuvo tiempo de hacer otro. El padre Robertson también vendría. Mi mamá tocaba el órgano en la iglesia", le explico.

"¿Entonces qué pasó?"

"Ella sirvió la mitad del pastel y yo estuve de pie durante la cena. Me dolía demasiado el trasero para sentarme. El padre Robertson se comió el pastel con una sonrisa y luego me dejó fuera de la casa mientras se tiraba a mi madre".

A Ángel se le cae la mandíbula. "No esperaba eso."

"Sus votos no eran serios". Le quito el tenedor de la mano y le doy un gran bocado.

"¿A diferencia de ti?"

"A diferencia de mí", confirmo. Me pongo de pie. "Cuando hago una promesa, la cumplo. Personas de todo el mundo confían en mí para hacer eso. Aquí está mi promesa para ti. Mientras permanezcas aquí en La Capilla, no sufrirás ningún daño. Comerás tantos pasteles como quieras, dormirás tantas horas como quieras, nadarás, pasearás, leerás libros, verás películas. Lo que quieras hacer, puedes hacerlo. En el momento en que sales de La Capilla, la protección ya no existe".

"¿Entonces soy una especie de prisionero?" Ella arruga la nariz. "¿Por cuánto tiempo?"

"Durante el tiempo que quiera". Agacho la cabeza y luego me voy. Ella nunca sabrá lo difícil que es para mí alejarme, pero avanzar es como arrastrar los pies sobre cemento endurecido. Quiero quedarme en la habitación de María, bromeando con ella sobre cuántos pasteles se consideran pecado y si los ángeles pueden tener cabello castaño, pero es demasiado peligroso. Los sonidos que hace mientras come, las sonrisas puras cuando pasa las manos por la suave tela de terciopelo de su silla, el asombro en sus ojos mientras mira por las ventanas. Me gusta todo. Demasiado.

Nunca antes me había sentido tentado, la verdad es que no. Ha habido mujeres que han ido y venido de La Capilla. Es lamentable, pero las mujeres y los niños todavía se utilizan como garantía, por lo que ha habido oportunidades. Y no sólo dentro de estos muros. Fuera de ellos, en cenas y eventos sociales, siempre están esas mujeres que piensan que pueden ser ellas las que rompan tus votos. Ha sido fácil decir que no, gracias, pero para Ángel lo fácil sería ceder, ceder al deseo que me atormenta con fuerza. Asiento con la cabeza hacia Lars mientras me voy.

"Por la mañana, asegúrese de servir la tarta con el desayuno".

"Sí, señor".

"Y no dejes que nadie más entre en su habitación".

"No señor".

"Ni si quiera yo".

CAPÍTULO 6

ÁNGEL

¿Era bueno o era malo? Esa fue la pregunta que pasó por mi mente mientras lo veía irse. Quiero decir, en realidad no abusó de mí, aparte del secuestro. No puedo odiar a este hombre. De hecho, me encontré sintiendo exactamente lo contrario.

Mi cuerpo sintió un cosquilleo cuando dijo que me mantendría "todo el tiempo que quisiera". Sé que está mal, pero nadie me quiere. No puedo evitar amar que él no quiera dejarme ir. Sé que no soy racional. No fui allí porque pensé que podría enfrentar a Santino.

De repente, sintiéndome exhausta, me metí en la cama grande y me cubrí con la suave manta. El sueño me llevó rápidamente. Me desperté sobresaltado cuando escuché un acalorado intercambio. Mis ojos se volvieron hacia la ventana, las cortinas aún estaban abiertas. El sol parece ponerse, pero ciertamente no es así. Me froté los ojos. Debe subir. De lo contrario, habría dormido hace mucho tiempo.

Me levanté de la cama y caminé hacia la puerta para ver de dónde venía la conmoción.

"Dije que nadie puede entrar a la habitación, ni siquiera yo".

"Apártate del camino", gruñó una voz familiar, pero esta vez me hizo sentarme. Una fría advertencia impregna la palabra.

Sin embargo, por alguna razón, sin temor al hombre al otro lado de la puerta, la abrí. Ambos se volvieron hacia mí.

"¿Por qué se pelean dos personas que se aman? La niña intentó dormir bien por la noche. Lars, me pareció oírlo llamar, dio un paso atrás, mientras Bjornsson dio un paso adelante.

Su mano se extendió. Sus dedos se deslizaron por mis hombros, robándome el aliento. Devolvió mi vestido a su lugar. No me di cuenta de que se había caído.

"No saliste de tu habitación ni respondiste a ningún golpe en la puerta pidiendo comida". Los dedos de Bjornsson tocaron mi clavícula.

"¿Qué hora es?" He estado tratando de calmarme desde que me desperté hace unos minutos.

"Siete." La reacción de Lars nos recuerda que él está ahí. Bjornsson negó con la cabeza hacia Lars, lo que hizo que se fuera.

"¿A las siete de la tarde? » Bjornsson me soltó la mano. Quizás por eso sentí que mi vejiga estaba a punto de explotar.

"Correcto." Se aclaró la garganta.

"Maldita sea, ¿puedes darme un segundo?" No esperé a que respondiera. Dejé la puerta abierta y corrí al baño.

"¿Estás de acuerdo?" Bjornsson se detuvo por completo al entrar al baño. Mi ropa interior ya estaba hasta mis tobillos. Se quedó allí por un segundo, sin quitarme los ojos de encima.

"¿No puedes mirar?" No puedo orinar si estás mirando. Juro que las mejillas de Bjornsson comenzaron a ponerse rosadas antes de salir del baño. Se aseguró de cerrar la puerta.

No pude evitar reírme. ¿Quién iba a imaginar que sería tan fácil hacer sonrojar a un hombre grande, malo y misterioso? Mi risa se apagó rápidamente mientras me lavaba las manos y me miraba de cerca en el espejo.

Mi cabello es un desastre salvaje. No lo había cepillado después de ducharme y me fui a la cama mojado. ¿Realmente he dormido un día entero? No he dormido más de cuatro o cinco horas en mucho tiempo. Nunca he tenido un sueño tan tranquilo.

Cuando creces como lo hice yo, básicamente duermes con un ojo abierto porque el entorno que te rodea es impredecible. Nunca te sientes lo suficientemente seguro como para dormir profundamente, temiendo que pueda pasar algo malo. Nada de esto tiene sentido. ¿Por qué me siento segura aquí con él?

Rápidamente me arreglo el cabello lo mejor que puedo y me lavo las manos antes de salir del baño. Bjornsson camina de un lado a otro delante de la cama. Se detiene cuando me ve.

"¿Necesito llamar a un médico?"

"¿Por qué?"

"Dormiste casi veinte horas". Se acerca a mí y me pone el dorso de la mano en la frente.

"No estoy enfermo. Supongo que estaba exhausto y me estrellé". Deja que su mano se deslice suavemente por un lado de mi cara, acariciando mi mejilla.

"¿Por qué no bajamos a la cocina y comemos algo?"

"¿Usted cocina?"

"Sí, pero ya habrá cosas preparadas".

Miro a mi alrededor para ver dónde dejé mi ropa del otro día. "Tendré que vestirme. ¿Sabes dónde está mi mochila? Lo perdí en algún momento entre lo de Santino y aquí. Me lo quitaron.

"Me ocuparé de encontrarlo, pero me trajeron algunas cosas". Vuelve a la puerta del dormitorio y agarra algunas cajas que están afuera. "Supongo que dormiste durante los golpes". Coloca las cajas en el banco al final de la cama antes de abrir una. "Tal vez debería dejarte con eso". Vuelve a cerrar la caja.

"¿Qué?" Lo abro de nuevo y veo las bragas justo encima. "¿Por qué tengo la sensación de que puedes matar a un hombre pero no tocar las bragas?" Recojo el material sedoso. "Oh Dios. Son tan suaves". Meto la mano debajo de mi bata y me quito la mía antes de ponérmela. Bjornsson se vuelve para darme la espalda. No habría visto nada. Me aseguré de que la bata me mantuviera cubierta, pero ahora no voy a poder evitarlo.

No soy una seductora sexy. De hecho, en su mayor parte, me mantengo alejado del sexo opuesto y hago todo lo que puedo para pasar desapercibido para ellos. Incluso cuando era niña llevaba el pelo corto. No fue hasta los últimos años que finalmente lo dejé crecer.

En la caja encuentro unos vaqueros, pantalones negros elásticos y sudaderas. Voy por los pantalones negros y saco uno de los suéteres de otra caja. Incluso hay calcetines suaves y esponjosos. No tenía idea de que la ropa pudiera sentirse tan bien contra tu piel.

"Está bien, ahora está bien. Ya no soy indecente —bromeo. Bjornsson lentamente se da vuelta, sus ojos recorren mi cuerpo y luego regresan hasta encontrarse con los míos.

"No estoy tan seguro de que eso sea cierto, ángel".

Probablemente tenga razón. Ahora sólo puedo pensar en hacer cosas indecentes para provocar una reacción del padre Bjornsson.

CAPÍTULO 7

BJORNSSON

Fue como si mis enemigos me arrancaran la piel, me partieran la cabeza por la mitad y usaran toda la imaginación que pudieron encontrar para crear a esta mujer. Usando pantalones ajustados y un suéter holgado, era casi imposible ver ni un centímetro de piel desnuda, pero eso no impidió que mi sangre se calentara. Abbott tuvo razón desde el principio. Si lo dejo, podría perderme.

"Por aquí." Le hice señas para que me siguiera. Salir de la habitación es el primer paso para sobrevivir aquí. La distancia será el segundo paso, pero ¿por qué apresurarse? Tal vez pueda arreglármelas. Lars me siguió. Si me porto mal, siempre hay guardaespaldas leales que me protegen del peligro. "¿Donde esta la cocina? La última vez que corrí no lo vi.

Su mano se acercó a mí, como una invitación o una tentación. Lo ignoro o lo intento. "¿Cuándo planeas escapar?"

"Me dijiste que podía irme. ¿Estas mintiendo?

"Nunca miento."

Ella se detuvo de repente. "¿Nunca? ¿Ni siquiera una pequeña mentira como decirle a Lars que era guapo cuando no lo era?

Detrás de nosotros oí un gruñido de desaprobación. Levanté el dorso de mi mano para taparme la boca y ocultar mi sonrisa. Cuando me controlé dije: "¿Lars nunca ha sido tan guapo?". »

"No lo sé. ¿No tenemos todos días malos?

"Está estrictamente prohibido acostarse en la capilla". Pensé en cuando era un niño bajo la tutela de Abbott. El sonido del látigo restallando en el aire está tan claro en mi memoria como cuando el Sr. Abbott nos disciplinó. No mientas. No hay deseo. No hay deseo. Rompo esta última regla cada momento que estoy con Ángel. Ella frunció los labios y me estudió por un momento. Me pregunté qué vio o a qué conclusión llegó, pero no compartió sus pensamientos. En cambio, empezó a caminar de nuevo. "¿Qué religión sigues?" ¿Católico?"

"Yo diría que somos menos religiosos y más ordenados. Un grupo de personas con un objetivo común.

"¿Entonces acabas de inventar una religión? ¿Cuales son las normas? ¿Cuales son los pecados?

"En lugar de enumerar actos reprobables, el Oratorio alienta" – ordena – "la lealtad, la fraternidad, la justicia. »

"Parece..." Ella se detuvo. Seguí su mirada y vi que estaba mirando hacia la puerta principal. En la entrada se encuentran dos estructuras de hierro de 20 pies de altura. La luz que brilla en la entrada proviene de una gran lámpara de araña y apliques de pared. No hay luz solar visible. Avanzó hasta que su palma extendida tocó el metal. Su mano tocó la pantalla plana. "¿Por qué no hay manija en la puerta o tengo que decirles primero la contraseña secreta para dejarlos salir?"

"Código secreto", confirmé. "Funcionan hidráulicamente. Ningún individuo puede abrirlos.

"Lo tengo." Ella dio un paso atrás. "¿Entonces es una prisión? »

"NO SON."

"¿Puedo ir?" Su barbilla se alzó desafiante.

No, respondí en silencio. Dije en voz alta: "¿A dónde quieres ir?"

"¿Quién sabe? Quizás un parque. Quizás un centro comercial. Quizás la biblioteca. Probablemente para ver a mi amiga Laurel.

"Laurel está ocupada con otras cosas, pero si tuvieras detalles que quisieras compartir sobre ella, Santino la traería a verte".

El suave rostro de Angel se endurece ante mi mención de Santino. No debería haberlo criado. "Ese imbécil", dice. "Claro, llámalo y dile que tengo todo tipo de detalles".

"¿Por qué creo que esos detalles incluyen apuñalarlo con un lápiz?"

"Oh, no me voy a limitar a un lápiz. Tienes cocina, ¿verdad? Estoy seguro de que puedo encontrar uno o cinco cuchillos allí. Además, hay candelabros, sillas, libros. Todo es un arma si sabes lo que estás haciendo".

Mis cejas se alzan. "¿Sabes lo que estás haciendo?"

Su barbilla se eleva. "¿No te gustaría saberlo?"

"Me gustaría."

Ella se encoge de hombros. "Eso es algo que yo debo saber y tú debes preguntarte". Angel huele y avanza hacia el pasillo por donde venimos. En silencio la dirijo hacia el camino correcto, ocultando una sonrisa. "¿Qué más harías afuera?" No puedo evitarlo. Quiero saber más.

"¿Qué es interesante en el centro comercial?"

"Es divertido mirar escaparates. Ve a diferentes tiendas, sueña un poco".

"¿Qué tiendas?"

"A Laurel y a mí nos gustaba H&M. Las cosas que hay allí son lindas y baratas".

"¿Y si no tuvieras que preocuparte por el dinero?"

"Nunca ha habido un momento en el que no me preocupara el dinero".

"¿Pero si soñaras un poco?"

"No soy un soñador, padre Bjornsson. Soy realista. Como si fuera sincero acerca de por qué estás siendo amable conmigo. Crees que bajaré la guardia y luego contaré todos los secretos de Laurel para que puedas vendérselos a Santino. No te voy a ayudar con eso". Ella se detiene de nuevo. "¿Por qué hay tantas puertas en este lugar? porque es tan grande? ¿Estamos en una escuela?

Ella me hace sonreír de nuevo y me duele la cara. No estoy acostumbrado a usar ese tipo de músculos. "Cerca. Era un antiguo seminario de jesuitas, pero el capítulo perdió su financiación y tuvo que venderlo hace unas décadas. La Orden lo compró y ahora es mío. Es un claustro construido alrededor de cuatro jardines. Son muy agradables. Incluso a Lars le gustan. Mañana comeremos en el jardín de hierbas".

"Y si no quiero, ¿me golpearás?" Sus palabras son atrevidas, pero puedo ver el interés en sus ojos.

"Sólo si tú quieres que lo haga". Estoy jugando un juego peligroso, pero las palabras salen antes de que pueda detenerlas.

"Dices eso como si yo pudiera disfrutarlo, pero creo que eres a ti a quien le gusta lastimar a la gente", dice.

No respondo porque no puedo acostarme en la Capilla. La verdad pende entre nosotros, pesada y erótica.

CAPÍTULO 8

ÁNGEL

"Dígame, padre. Al final, ¿obtenemos todos lo que merecemos? » Chupé espaguetis. No hay forma de comerlo con gracia. No es que lo esté intentando. Cuando Bjornsson dejó caer el plato gigante de pasta frente a mí, no me contuve. En la mayoría de los refugios, los espaguetis no saben bien. Honestamente, eso es cierto para la mayoría de la comida que hay allí. Es abundante y cumple su función, pero todo lo que he probado aquí ha sido mágico. ¿Quién hubiera pensado que escondido en el corazón de la ciudad habría un pequeño mundo propio? El exterior lleva al mundo a creer que el interior está lleno de oración y redención. Por otra parte, tal vez ese sea el caso. Eso no es lo que la gente quiere creer. No, era demasiado difícil de soportar para ellos. Asimismo, corrieron por los refugios, sin siquiera mirarnos a los ojos mientras todos esperábamos que hubiera suficientes camas para pasar la noche. La gente sólo quiere ver cosas hermosas. No habría ningún problema detrás del muro si no tuvieran que enfrentarlo.

"Insuficiente." Bjornsson apenas toca su comida.

Obtuve toda su atención. ¿Es porque cree que estoy a punto de hacer algo o porque simplemente le gusta mirarme? Espero que sean ambas cosas. Que podía dejar a este hombre inseguro sobre lo que iba a pasar. Que soy impredecible. Pero siento que él sólo quiere mirarme. Por alguna razón capté su atención. Todavía no sé si es bueno o malo. Probablemente un poco de ambos.

"¿Le estás dando a la gente lo que se merecen? » Me lamí los labios, quitándome toda la salsa restante. Sus palabras anteriores se repitieron en mi mente y recordé la expresión de su rostro mientras las decía.

"Trato de mantenerme alejado de la mayoría de las cosas". Untó mantequilla sobre mi pan. Esta acción es pequeña. Eso no significa nada, pero lo significa. No puedo evitar amar la forma en que me cuida.

"¿Pero lo sabes todo?" Levanté las cejas, burlándome de él.

"En este pueblo sé que todo el mundo comete un delito. »

"¿Qué pasa cuando no puedes escapar de ello? »

"Entonces hago lo que hay que hacer". Sus respuestas siempre fueron vagas pero honestas.

Le creí cuando dijo que no me mentiría, pero Bjornsson usó cada palabra con precisión. La única vez que escuché un ligero cambio de tono fue cuando caminaba de un lado a otro con Lars afuera de mi puerta.

"Hazme entender. No hace falta que me lo admitas, pero tal vez un poco. Lo miré a través de mis pestañas. Quería saber más sobre este hombre. Algo me atrajo a venir a él. Esto no tiene ningún sentido, pero no puedo evitarlo.

"En este mundo siempre habrá maldad. No puedes detener esto, pero puedes equilibrar la balanza. Incluso en la oscuridad puede brillar un poco de luz.

"¿Eres tú la luz?"

"No soy la luz del salvador, Ángel. Soy la última luz que ven.

Extendí la mano para tocarlo. Su mano rápidamente se levantó, agarrando mi muñeca, haciendo que la manga de su vestido se deslizara hacia abajo unos centímetros. Veo un tatuaje. Algo que no esperaba. Cada día se vuelve más interesante.

"¿Qué hay que hacer conmigo?" Me inclino hacia él. Sus dedos se cierran alrededor de mi muñeca. Mi cuerpo se ilumina y mi estómago se contrae. El agarre de Bjornsson es fuerte con un chasquido. Debería doler, incluso podría dejar una marca, pero mi cuerpo sólo tararea una cosa.

Deseo.

De hecho, no me importaría si me apretara más. Entonces estaría seguro de que vería su marca en mi muñeca más tarde, cuando su mano ya no estuviera.

Lástima que no sea de deseo para él. Simplemente no quiere que lo toque. Sólo quería pasar mis dedos por el cuello blanco. Mis dedos han estado ansiosos por tocarlo.

"¿Por favor?" No sé por qué lo digo, pero lo hago. La palabra es como una llave. Tan rápido como su mano rodeó mi muñeca, la soltó. Esta vez, no me detiene cuando voy por su collar. Paso mi dedo a lo largo de él, dejándolo entrar profundamente para poder sentir su piel también. Traga visiblemente.

"Es Mary", le digo. Él me ha dado algo ahora. Haré lo mismo. "Cómo me nombró el estado".

"Te estas burlando de mí."

"No esta vez." Dejé caer mi mano pero la dejé rozar su pecho, sin sentir nada más que dureza. Bjornsson es un hombre muy disciplinado. Vive según un código de bien y de mal. Uno que es suyo, pero creo que se asegura de mantener siempre sus emociones bajo control. "Virgen María y todo". Le guiño un ojo antes de darle un mordisco gigante al trozo de pan que me dio.

El vaso que tiene en la mano se hace añicos. "¿Qué demonios?" Me levanto de un salto y casi me ahogo con el pan.

Lars sale de la maldita nada. Estoy empezando a pensar que es un fantasma que ronda este lugar y que puede aparecer en cualquier lugar y en cualquier momento.

Gotas de sangre cayeron sobre la mesa, mezclándose con el vino derramado y el vaso roto.

"¿Estás bien?" Intento alcanzar su mano, pero él se aleja de mí. Levanto las manos. "Lo siento."

"Estoy bien." Bjornsson se levanta. "Asegúrate de abrir la puerta por la mañana para desayunar". No espera una respuesta mía. Se va sin decir una palabra más ni mirar en mi dirección, Lars lo sigue justo detrás.

Me siento allí por un segundo, sin entender por qué me duele tanto su reacción. No quería que lo tocara. Es confuso. Un segundo, creo que está tratando de retenerme, y al siguiente, no quiere estar cerca de mí.

En todo caso, debería estar acostumbrado a eso. Siempre pensando que la próxima casa de acogida podría ser mejor. Al principio lo son.

Entonces no eres lo que querían. No encajabas. Tal vez me siento así porque pensé que ya había superado eso en mi vida.

Pero aquí está una vez más, Bjornsson alumbrándome con esa luz suya.

¿Será realmente lo último que veré?

CAPÍTULO 9

BJORNSSON

"Deberíamos enviarla de regreso a Santino". Lars me puso una venda.

"NO SON." Envolví la gasa alrededor de mi muñeca más fuerte de lo necesario. El dolor se siente bien y necesito distraerme de otras cosas más emocionantes en la cocina con fideos, vino tinto y sangre derramada. No quería romper el cristal, pero la mención de su virginidad despertó algo en mí, algo salvaje, oscuro y cruel. Ella no tiene hogar y no tiene educación. Ella no conoce a ninguno de los contactos de los hombres. Enrosqué mis dedos en mi palma y disfruté del dolor ardiente que la acción causó cuando la herida se abrió y tiró de los bordes.

"Ella es peligrosa."

No especificó a quién, pero supongo que si le preguntara diría que todos porque un peligro para mí es un peligro para toda la organización, tal vez incluso para toda la organización. departamento de la ciudad.

"¿Alguna vez tenemos miedo de tener problemas, Lars?" ¿No es nuestro papel aceptar el caos y ponerle orden? Arranqué la gasa con los dientes y puse un trozo de cinta adhesiva sobre la venda para mantenerla en su lugar. "Nuestro papel es ayudar a mantener el orden, y como tú eres el Padre aquí..." Interrumpió, dejándome completar los espacios en blanco.

Levanté mi mano vendada. "He derramado mucha sangre para mantener el orden aquí. Siempre cumplo con mi deber y ahora mi deber es mantener a esta chica a salvo hasta que Santino pueda completar su misión. Como la dejé con una copa de vino rota y una comida incompleta, regresaré para asegurarme de haber cumplido con mi obligación.

Lars guardó silencio mientras caminaba hacia la puerta. Al entrar, un pensamiento me vino a la cabeza. "Lars, pide un H&M aquí mañana".

Él asintió, pero lo oí preguntar en la habitación vacía: "¿Qué es H&M?". después de que me fui.

34

La mesa de la cocina estaba vacía cuando llegué. El plato había desaparecido, al igual que cualquier rastro de vidrio roto o sangre. Después de algunas preguntas del personal, supe que estaba en el jardín. Mis pies me llevaron hasta las puertas exteriores más cercanas. Me tomó un tiempo encontrarla en uno de los jardines traseros, con las manos entrelazadas detrás de la espalda mientras miraba la base de la fuente.

"Había un niño desnudo orinando en el agua. Eso no me parece muy piadoso", dijo mientras me acercaba.

"¿Cómo supiste que era yo?" Ella ni siquiera miró en mi dirección.

"Eres tú o Lars. Realmente no dejas que nadie más se acerque a mí, así que creo que tengo un 50/50 de posibilidades de éxito.

"¿Y por qué me elegiste?"

"Porque Lars no vendrá a buscarme. Al menos no sin tus órdenes.

Ella tiene este derecho. Olvidé lo comprensivos que son los niños de la calle, aunque ella no creció en la calle. Por lo que ella compartió, fue trasladada entre familias anfitrionas. A veces los padres adoptivos son amables y decentes, pero la mayoría de las veces solo están ahí para controlar el estado, en situaciones malas lo hacen porque es una presa fácil. Ángel tiene algunas asperezas. Ella no era presa de nadie, al menos no un blanco fácil.

"Buena teoría. Cíñete a eso. Nadie te busca, nadie te dice qué hacer, nadie te toca.

Su cabeza se inclina en mi dirección y aparece la sonrisa traviesa que lucía en la mesa de la cocina. "¿Nadie me toca?" ella repite. "¿Nadie en absoluto o nadie más?"

Mi sangre se calienta. La visita del Abbott es un recuerdo lejano. Las advertencias de Lars se han desvanecido. Los votos que hice, los que repetí hace unos momentos, se han arrugado en mi lengua. En cambio, mi cabeza está llena de ella: su belleza, su sabor, su fuerza. Quiero comérmela de un solo trago, atarla, penetrarla y perforar ese velo virgen. Podría fácilmente bajarle esos suaves pantalones sobre el trasero y doblarla sobre el borde de la fuente de piedra. Le daría una palmada en las

nalgas hasta que estuvieran rosadas para combinar con su coño y luego le
abriría las piernas y la tomaría con fuerza. Ella gritaba lo suficientemente
fuerte como para hacer volar a los pájaros y hacer correr a mi equipo de
guardaespaldas. Entonces tendría que ponerme el arma en el tobillo y
matarlos.

Suena una campana a lo lejos. "Lars dice que debería devolverte a
Santino. ¿Quieres eso? Pregunto en lugar de responder su pregunta.

La sonrisa traviesa desaparece. "No, ¿cuándo he indicado alguna vez
que quiero volver con él? Quiero a mi amigo aquí, no a Kane Santino".

"Esa no es una posibilidad. Ella es suya ahora y no permitirá que
nadie se acerque a ella". Su enojada llamada telefónica confirmó lo que
había escuchado de otras fuentes. Está muy apegado a esta chica. Ir a su
casa y llevársela equivaldría a declarar la guerra.

La cara de Ángel cae. "Estoy preocupado por ella. ¿Puedo al menos
hablar con ella?

"Tal vez. Cuando esté lista". O cuando Santino se siente lo
suficientemente seguro como para permitirle tener contacto con el
mundo exterior. Puede que eso no sea hasta dentro de años, pero no lo
comparto con Angel. Su cara triste me perturba. "El niño que orina es
Cupido", me encuentro diciendo.

"¿A él?" Señala con un dedo la estatua. "Pensé que Cupidos tenía
arcos y flechas, no una"—mueve sus manos en el aire como si estuviera
sosteniendo algo entre sus manos—"rueda de carreta".

"Está basado en la pintura de Tiziano llamada 'Cupido con la rueda
del tiempo'. Cupido intenta detener el inevitable avance hacia la muerte
con el poder del amor o algo así".

"¿Crees eso? ¿Que la muerte puede ser detenida por el amor? Ella me
mira con sus ojos brillantes y esperanzados, y esta vez el movimiento no
está en mis pantalones, sino en mi pecho.

CAPÍTULO 10

ÁNGEL

Bjornsson guardó silencio durante un largo rato, pensando en mi pregunta. También tengo curiosidad por saber cuál es su respuesta. Por otra parte, siempre me pregunto qué podría hacer o decir a continuación. No puedo leer sobre este hombre.

Una cosa que sé con certeza es que es un mortal. Incluso vestido como un sacerdote. Podías verlo en su mirada oscura que apuñaló directamente tu alma. De hecho, Bjornsson tuvo problemas para ver el mío. Quizás por eso estaba fascinado por mí. ¿Qué otras razones podría haber? "No puedo parar", respondió finalmente. El tiene razón. Todos debemos morir. Esa es la manera de vivir.

"Creo que estas equivocado."

"¿Falso?" Pronunció la palabra como si le fuera extraña. "Aparte." Una ligera risa me abandonó. "¿No estás acostumbrado a esto? » Le sonreí. "Tienes razón. La muerte es inevitable, pero el amor continúa. Tomemos a Laurier, por ejemplo. Ella es la única persona a la que puedo decir que amo de verdad. Si muere, puede desaparecer, pero mi amor por ella durará para siempre. No No creo que ninguno de los dos pueda detenerse.

"Algunas personas nunca aman".

"Los compadezco porque sé lo que se siente no amar nunca a alguien". Desafortunadamente, al crecer así, me sentí sola durante demasiado tiempo. Pero Laurel cambió todo eso para mí.

"Tu amor por tu amigo podría haberte llevado a tu propia muerte". Me volví completamente hacia Bjornsson. El hombre realmente absorbió cada palabra que dije y reflexionó sobre ellas.

"Tal vez." Me obligué a sonreír. "Pero el mundo está frío. ¿Sientes eso, Bjornsson? En lo profundo de tus huesos. Esta santidad está llena de esta frialdad. No sabes cuánto te duele y te duele. Hasta que alguien empezó a sustituir el frío por calor. Es extraño cómo nunca sabes que necesitas tanto algo hasta que lo tienes justo frente a ti.

"Y ahí radica tu problema. Dejas que alguien se acerque lo suficiente como para influenciarte. Sin él, no serás consciente del profundo dolor que no sabías que existía.

"¿Eso es lo que haces, Bjornsson?" Garantizas que nadie podrá acercarse lo suficiente como para hacerte querer saber más. Di un paso hacia él. Fue gracioso cuando se alejó un paso de mí. Este hombre podría matarme tan fácilmente, retrocediendo por miedo. ¿De hecho? Su reacción me animó aún más.

"La lujuria es la destrucción de muchos hombres. Es prudente no dejar que la tentación se disipe.

"¿Tentación?" Me lamí los labios. "¿Soy una tentación para ti?" La idea de que yo fuera su perdición despertó algo en mí.

"Tienes muchas cosas, Ángel". Me dio una de las respuestas que no era la suya. "Bjornsson, ¿quieres decir que nunca has participado en la lujuria?" Se tiró del cuello como si de repente estuviera demasiado apretado alrededor de su cuello.

"Has sido tan bueno conmigo, Ángel. No es ?

"Supongo que si me secuestraran este lugar no sería tan malo". Su expresión todavía era seria.

"Creo que mi idea de la lujuria es bastante diferente a la de los demás. Es mejor que no juegues ese juego conmigo. Ya puedo ver las ruedas en tu mente planeándolo".

"¿A mí?" Me llevé la mano al pecho, fingiendo inocencia. "Soy virgen. No es una seductora.

"Solo has demostrado más mi punto. Los hombres quieren reclamar. Disfrutan de la propiedad. Ser virgen te convierte en una tentación aún mayor".

"No estoy tan seguro de eso, Bjornsson. ¿Hay alguna proyección ahí? Algunos hombres quieren que sus mujeres estén muy bien entrenadas. No es una chica que haría una mamada descuidada y sin entrenamiento.

"Disfrutas poniéndome a prueba". De alguna manera sus ojos se vuelven más oscuros.

"Creo que te gusta que te ponga a prueba. ¿Por qué más siempre me buscas? Me deslizo sobre el banco en el que me senté. Una bienvenida tácita para que se siente a mi lado. Para demostrar que tengo razón. Lo hace. De hecho, pensé que una vez más ladraría una orden de algún tipo y se alejaría del jardín.

No dice nada. Sólo se sienta. Me acerco para que nos toquemos. El hombre se tensa aún más. Es terrible lo mucho que disfruto burlándome de él. Si eso es lo que estoy haciendo. Me vuelvo para arrodillarme y enfrentarlo. Sigue mirando hacia el jardín.

"¿Está bien?" Alcanzo su mano. Él no me detiene. No puedo decir qué tan grave podría ser el corte con la gasa envuelta alrededor.

"Era lo que necesitaba". Su respuesta me desconcierta. "Me gustaría entrenarla yo mismo". Su confesión se susurra. Tan bajo que apenas lo escucho. Presiono mis muslos juntos. Allí se formó un latido sordo. Mi deseo por él es extraño pero imparable. No se puede negar nuestra atracción mutua.

Me inclino. Mi pecho roza su hombro. "¿Para que ella sea sólo tuya?"

"Cuidado, Ángel", advierte. "Todo hombre sucumbe a la tentación en algún momento de su vida". Su advertencia cae en oídos sordos. Especialmente a una chica que nunca ha sido reclamada por nadie. No hay nadie en el mundo buscándome. Nadie sabe que me he ido.

"Pero no lo has hecho, ¿verdad? ¿Ni una sola vez?" Gira la cabeza para mirarme.

"Nunca."

"¿Ni siquiera un beso?" Mis ojos caen hacia su boca.

"No soy un hombre tierno. No sabes en qué estás tratando de meterte".

"Puede que tengas razón. De hecho, si me das algo, pararé", ofrezco. No estoy seguro de que sea una gran oferta porque él es quien siempre viene detrás de mí.

"No tienes adónde ir. No es necesario que te vayas".

"No iba a pedir irme, pero no tenemos que llegar a un acuerdo". Finjo que estoy a punto de levantarme, pero él me detiene. Su brazo sale y me empuja hacia atrás, así que me quedo quieto. Puedo verlo en toda su cara. Él disfruta el control que acaba de tomar sobre mí.

Yo también. Si fuera cualquier otra persona, me asustaría, pero la oscuridad de Bjornsson no me asusta. Creo que una parte de esa oscuridad es lo que me atrae. ¿Quiero ternura? Sí, pero también quiero que me posean. Todavía puedo sentir dónde me agarró la muñeca, o tal vez estoy fantaseando con ello. El enrojecimiento ya ha desaparecido.

"¿Qué es?"

"Quiero un beso." De hecho, sus ojos se abren como platos.

Mi corazón se acelera mientras espero una respuesta, aterrorizada de cualquier manera. ¿Me alejará o me dará algo que ni él ni yo le hemos dado a nadie antes?

CAPÍTULO 11

BJORNSSON

Bajo mi pulgar, su corazón latía violentamente. Puedo sacarlo al jardín sin que nadie lo sepa. Está lejos de la casa principal. No hay cámaras en el jardín interior de la propiedad.

No hay nada en este jardín excepto árboles, pájaros y el sonido del agua de Cupido fluyendo en el estanque de abajo. No hay registros de castigos que se hayan aplicado aquí. Los adoquines no revelaban el número de personas arrodilladas ante la fuente ni las manchas de sangre que habían sido lavadas.

Nada de esto es visible, pero todavía lo veo. Ángel no pertenece aquí. Ella es demasiado buena para esta vida, este mundo. Si fuera realmente una persona decente, la despediría. No a Santino, sino lejos de este mundo con fondos suficientes para poder crear una nueva vida. Lo he hecho por otros, pero sé que no lo haré por ella.

Mi pulgar presiona esa vena palpitante. Ella suelta un pequeño jadeo, un hipo. El deseo, ardiente e intenso, me abrumaba. Sus labios encontraron los míos. No sé quién actuó primero, pero la mano divina en ese momento no pudo separarme de ella. Curso eléctrico a través de mí. Soy la luz interior, iluminada por un deseo que nunca antes había sentido. Todas mis promesas anteriores de mantenerme alejado de este mundo se convirtieron en polvo.

Mis manos encontraron su cintura y tiraron de ella hasta que estuvo en mi regazo, sus piernas envueltas alrededor de mi cintura y sus brazos alrededor de mi cuello. Incliné su cabeza para empujar mi lengua más profundamente. Sus caderas comenzaron a moverse, un movimiento lento que me volvía loca. Eso funciona. Deslicé mi mano a lo largo de la curva de su trasero hasta que mis dedos tocaron su cálido centro. Incluso a través de la tela, podía sentir el pulso y la tensión de su polla. Sé que está prohibido. Lo sé, pero no me importa.

41

Hago un millón de tratos en mi cabeza. Nos dejaremos la ropa puesta. No usaré nada más que mi lengua y mis manos. Ante mí pasaron imágenes de todas las formas en que se podían utilizar mi lengua y mis manos. Mis dedos apretaron sus pechos. Mi lengua estaba entre sus piernas. Mi cara estaba enterrada en su trasero. Solo esta vez. Solo esta vez.

Moví mis dedos lentamente, en círculos y barridos, hacia adelante y hacia atrás, al ritmo del empuje de sus caderas. El dorso de mi mano se frotó contra mi erección. Abrí más la boca, queriendo más de ella.

La tela bajo mis dedos se suavizó. Su respiración era rápida en mi oído.

"Bjornsson, Bjornsson", dijo en voz alta y apagada, como si el aire en su garganta se hubiera apretado.

"Dime lo que quieres", te insté. "Yo... mi... amigo..." Palabras cortas escaparon de su boca. No estaba claro si tenía miedo de preguntar o simplemente no lo sabía. Sostuvo mi rostro entre sus manos y me besó como si pudiera comunicar sus deseos a través de acciones en lugar de palabras. Sentí la desesperación en su lengua.

Un hombre de tela no descuida las necesidades de sus feligreses. Mi deber es ayudarlo, aliviar su sufrimiento. Pasé mi mano por la suave curva de su trasero y me deslicé entre la suave tela y su piel más suave.

Ella hace un pequeño sonido y se acerca. El movimiento arrastra su coño húmedo sobre mi erección y mi visión se oscurece durante medio segundo. Mis dedos encuentran su calor, el fuego resbaladizo de su núcleo. Coloco la carne más suave entre dos de mis dedos callosos y la acaricio lentamente.

"Oh, sí..." jadea. "Allá. Justo ahí."

Sus propios dedos encuentran mi cuello y comienza a trazar la parte superior de la rígida tela blanca, sus movimientos coinciden con el ritmo de los míos.

"¿Más?" Pregunto con la punta de mis dedos en la apertura de su sexo.

Ella deja caer la cabeza para que su frente descanse contra la mía. "Más."

Deslizo mi dedo índice dentro de ella, sintiendo la perforación de ese fino velo de virginidad. Virgen ya no. El dolor la calma por un momento y luego se mueve. Metí otro dedo en su coño. Ella monta mi mano, frotándose contra mí como un gato desesperado por atención. Agrego otro dedo. Sé por qué esto está prohibido. Esto—ella—es adictiva. Sus gemidos y gemidos son un coro que quiero escuchar cada minuto del día. La humedad de su coño, la presión de sus tetas, el sabor de su lengua son sensaciones de las que nunca tendré suficiente.

Quiero mirarla durante horas, en este jardín de castigo, en esta prisión que yo mismo he creado. Estoy ardiendo de necesidad por ella. Mis dedos dentro de su coño no son suficientes. Quiero mi polla envuelta dentro de esa funda. Quiero que ella monte mi erección y no mi mano. Quiero que esos sonidos que salen de su garganta y boca se deban a mi eje, no sólo a mis dedos.

Quiero sentir su húmeda y erótica succión y luego la avalancha de semen en mis muslos cuando llega a su pináculo.

Deseo. Deseo. Deseo. Toda ella.

"Este no es el final", susurro ferozmente antes de tomar su boca. No sé si ella entiende. No sé si comprendo el voto que acabo de hacer. Mi mundo se ha reducido para ella. Solo ella.

Empujé más fuerte dentro de ella con los dedos en su coño y la lengua en su boca. La obligo a tomar más hasta que estalla en mi agarre, gritando mientras tiembla y se estremece por la fuerza de las sensaciones. Cuando la ola pasa sobre ella, cuando finalmente se calma y me mira a los ojos, su mirada está llena de asombro.

Ella se lame los labios. "Quiero más."

"Sí. Y lo tendrás". Reclamo su boca una vez más.

Si esto es pecado, entonces tal vez sea más adecuado para el infierno que para el cielo.

CAPITULO 12

ÁNGEL

Me aferro a Bjornsson. Mi orgasmo todavía recorre mi cuerpo. Su boca permanece en la mía mientras me mete y saca dos dedos. La mano de Bjornsson está en la parte de atrás de mis pantalones. Muevo mis caderas para presionar su erección.

Estaba a punto de correrme en el momento en que lo sentí. Me había tomado por sorpresa por alguna extraña razón. La mera idea de que fuera yo quien tentara a este hombre a cruzar líneas que nunca antes había cruzado. Nunca nadie había hecho eso por mí. Para elegirme por encima de cualquier otra cosa.

Bjornsson se mueve, sus dedos me abandonan mientras saca su mano de mis pantalones. Gimo en protesta contra su boca. Nos da vuelta, recostándome en el banco.

"Querías más", me recuerda, bajando mis pantalones junto con mis bragas por mi cuerpo. "La cima", casi gruñe. Sus ojos recorren todo mí, de la misma manera que siempre lo hacen. "Apagado." Bjornsson me golpea el sexo. Yo jadeo. "Quítatelo o conseguirás otro".

Un poco en shock, hago lo que me dicen. La bofetada fue directa a mi clítoris, haciéndolo palpitar con más fuerza. Ni siquiera estoy seguro de cómo es posible. Pero el dolor es casi insoportable ahora, como si no hubiera tenido un orgasmo hace unos momentos. Bjornsson está de pie junto a mí. Estoy completamente desnuda, tumbada en su jardín. Cualquiera podría acercarse a nosotros ahora mismo.

Los ojos de Bjornsson recorren mi cuerpo de arriba abajo. Me recuesto completamente en el banco, con las piernas abiertas. Se tira del cuello. Cuando lo hace, una mancha de sangre marca la tela blanca. Por un segundo, pensé que podría estar sangrando la palma de su mano, pero me di cuenta de que la sangre provenía de sus dedos. Cuando me quitó la virginidad. Al menos su barrera.

44

El dolor agudo fue repentino cuando lo hizo. Rápidamente se desvaneció y sólo me excitó más. ¿Por qué sigo disfrutando de estos pequeños bocados de dolor que me da? Entonces me doy cuenta. Es porque todos son posesivos. Ésa es exactamente la razón. Él agarró mi muñeca y tomó mi virginidad para sí. Ahora mi sangre virgen está manchada en su cuello blanco. Me pregunto si sabe que lo hizo o si se llevará esa pequeña sorpresa más tarde.

"¿Vas a simplemente quedarte mirando o..." Me detengo, sin estar seguro de qué decir. Estoy completamente desnuda mientras él todavía está cubierto por todas partes.

"Haré lo que quiera". Le da a mi sexo otra bofetada. Gimo, la sensación recorriendo todo mi cuerpo. "Se supone que no debes disfrutar eso, Ángel". Juro que siento como si mi clítoris estuviera en llamas. Agarro los lados del banco.

"Padre lo siento." Su mandíbula se aprieta y no estoy segura de si lo he hecho enojar o haberlo complacido. De cualquier manera, comienza a azotar mi sexo nuevamente. No sé cuántas veces lo hace, pero salgo. Mi espalda se arquea cuando el orgasmo me golpea. Me pica entre los muslos, pero me encanta la sensación.

Cuando bajo de mi orgasmo, abro los ojos para ver los de Bjornsson. Su mano está ahuecando mi montículo.

"Has estado corriendo por la ciudad con un coño necesitado. Es un milagro que nadie haya llegado hasta allí. Si lo hubieran sabido". Se lame los labios. "Ahora no estoy seguro de poder dejarte ir alguna vez. Demasiada tentación para los demás".

Se inclina sobre mí. Su boca envuelve mi pezón. Bjornsson gira su lengua alrededor antes de mordisquearlo. Me muerdo el labio inferior, tratando de no gemir. Cambia a mi otro seno, prestándole la misma atención.

Quiero tirarlo encima de mí. Tener mi cuerpo desnudo presionado contra él con su peso sosteniéndome. Agarro el costado del banco con más fuerza para no hacerlo. Por mucho que quiera, también disfruto viéndolo jugar con mi cuerpo.

"¿Duele?" Él retrocede. Sus dedos abren los pliegues de mi sexo. "Está bien", exhalo.

"Está rojo e hinchado". Él retrocede más. No, se va a ir. El pánico comienza a crecer en mí. Aprieto mis labios con firmeza para no rogarle que se quede. Mientras tanto sigue inspeccionándome. "Lo haré mejor", dice antes de que su boca descienda sobre mí.

La lengua de Bjornsson va hacia mi clítoris. Todavía me tiene abierta con sus dedos. Nunca antes había experimentado algo como esto. No estoy seguro de cuánto más puedo tomar. Mis caderas empiezan a moverse. ¿Cómo puedo estar a punto de volver? Bjornsson mantiene su atención centrada en mi clítoris. Cuando le da un pequeño mordisco, es el colmo. Estoy acabado.

Grito su nombre mientras el orgasmo ilumina mi cuerpo. ¿Qué me está haciendo este hombre? Mis piernas tiemblan, puntos negros bailando en mis ojos. ¿Quién diría que un orgasmo podría ser tan bueno? Estoy arruinado. Nunca he podido hacer eso y es mi cuerpo.

"¡Detener!." Las palabras gruñidas de Bjornsson me devuelven al momento. Mi orgasmo se está desvaneciendo, pero todo mi cuerpo todavía está sensible. Mis ojos se abren de golpe y empiezo a sentarme. Bjornsson está frente a mí. Si hay alguien cerca, no puedo verlo desde este ángulo y Bjornsson está bloqueando mi línea de visión.

Se da vuelta un segundo después. Quienquiera que haya sido no dijo una palabra, pero si tuviera que adivinar, diría que fue Lars. Me apresuro a ponerme la ropa y de repente me siento extremadamente vulnerable.

"Ángel." Bjornsson dice mi nombre en voz baja. Lo miro después de volver a ponerme la camiseta. "Nadie te vio". Me trata como a un animal asustado que está a punto de huir. Y eso es exactamente lo que estoy tratando de hacer.

"Lo sé." Termino de vestirme. "I debería ir."

"No te irás". Ahora soy yo a quien le gruñen.

"Solo quiero ir a mi habitación. Estoy cansado." No precisamente. Lo que soy es enloquecer. Tantas emociones me están inundando. Es todo tan intenso. No sé por qué el miedo encabeza la lista.

Bjornsson traga audiblemente pero se hace a un lado para dejarme pasar. No puedo mirarlo a los ojos, pero sí miro por última vez la sangre en su cuello antes de salir rápidamente del jardín y pasar junto a Lars. Mantengo la cabeza gacha. Estoy seguro de que soy rojo cereza.

No es hasta mi habitación que respiro profundamente. ¿Qué está mal conmigo? Yo quería eso. Demonios, necesito más, pero cuando el deseo fue barrido por la realidad, el miedo tomó su lugar.

No es que Bjornsson fuera a lastimarme físicamente, pero sé que nunca podrá ser mío. Nuestro tiempo juntos eventualmente terminaría. Y eso podría acabar conmigo también.

CAPITULO 13

BJORNSSON

"El obispo está aquí", dijo Lars después de que Ángel desapareciera de la vista. Me entristeció que la viera así, pero no podía matar a Lars por hacer su trabajo. Me siguió mientras me dirigía hacia la casa principal.

"¿Me perdí una reseña?" Ángel me distrajo, pero no pensé que estaría tan perdida.

"NO SON."

A la entrada del pasillo arqueado que recorría los cuatro lados del patio, se acercó un guardia con una palangana con agua tibia. Le colocaron una suave toalla blanca en el brazo. Otra razón por la que no puedo matar a Lars es porque vi a Angel. Es muy efectivo. Mojé mi mano en agua y me lavé el perfume de Ángel. Después de limpiarme las manos, el camarero se dio la vuelta y se fue. Lo detuve, le arrebaté el cuenco de la mano y salpiqué agua en un arbusto cercano. Los ojos del camarero se abrieron como platos, pero estaba demasiado bien entrenado para interrogarme.

Lars se acercó y le quitó la toalla al camarero. "Voy a quemar esto".

Él entiende. Ella me pertenece en todos los sentidos y nada de lo que toque su piel puede existir fuera de mi alcance. "Hay sangre en tu cuello. ¿Debería deshacerme de él también? Extendió la mano. Lo detuve antes de que pudiera hacer contacto.

"No. Yo me encargaré de eso."

"El obispo podría preocuparse si lo viera".

Levanté las cejas. "El obispo pasó mucho tiempo en mi territorio diciéndome qué hacer. No creo que me guste. ¿Y tú, Lars?

Apretó la mandíbula. "No, pero la Iglesia es muy poderosa".

"Incluso Roma ha caído". Me quité el cuello manchado y lo metí con cuidado en mi bolsillo. "Vamos a ver qué dice el obispo".

El anciano frunció el ceño cuando llegué a la sala de recepción. En su mano había un vaso de cristal de Baccarat casi vacío. Sólo queda un poco de whisky.

"Me has hecho esperar tanto, Bjornsson, ¿y por qué tu ropa está tan mal?"

"No sabía que teníamos una cita". Caminé hacia el carrito de licores y tomé una botella de whisky Macallan. Llené el vaso del viejo y me senté en uno de los sillones de cuero. Se quedó bebiendo, mirando el atrevido cuadro rojo de Rothko en la pared detrás de él. Sé que lo odia. Él cree que lo odia porque está vacío, pero yo creo que lo odia por las mismas razones que a mí me encanta. El rojo intenso le recordó la violencia que utilizó contra personas como yo para mantener la paz. Le gustaba creer que estaba por encima de la refriega, que era un hombre santo con una noble misión, pero la Iglesia no era más que una máquina de poder, y para aferrarse al poder tenía que caer. sangre. Parte de ese enrojecimiento proviene de personas inocentes.

Apartó la mirada del tablero para mirar por encima de mi hombro. "Hay un problema con Santino. Tendrás que encargarte de ello.

Yo mismo intentaré no mostrar ninguna reacción. ¿Quiere que acabe con Kane Santino y la pandilla de Santino? "¿Cuál es el problema?"

"Él planea matar a alguien que estaba bajo protección".

"¿Planea?"

"Nuestro trabajo no es limpiar los desechos de la gente. Es prevención".

Eso es debatible. "¿La protección de quién?"

Bishop golpea su vaso sobre la mesa. El whisky de mil dólares se derrama por los lados. "No necesitas saberlo. Lo único que puedes hacer es actuar. Sácalo y haz de él un ejemplo".

"No soy una máquina, obispo. No puedes señalarme en una dirección y dispararme como un cañón. Si no se siente cómodo compartiendo los detalles de por qué Kane Santino necesita ser disciplinado por la Iglesia, yo no me siento cómodo ejecutando sus órdenes".

El obispo retrocede, con el rostro rojo y moteado. "¡Cómo te atreves a cuestionarme!" Su mandíbula tiembla de indignación. "Soy el obispo. Yo controlo aquí. Puedes hacer que te quiten todo esto en un abrir y cerrar de ojos".

Aprieto la parte posterior de mis dientes y me esfuerzo por lograr un tono uniforme. "He mantenido la paz en este territorio durante mucho tiempo. Conozco a los jugadores. Kane Santino es una parte importante del equilibrio. Si lo eliminamos, otras facciones que no son tan escrupulosas—"es irónico que esté usando esta palabra para Santino. Sé que se reiría si me escuchara: "causaría caos, así que antes de poner patas arriba esta ciudad, me gustaría saber qué pecado cometió Santino, y el asesinato no es suficiente. Todos los días muere gente". Inclino mi cabeza hacia la pintura.

Las fosas nasales del obispo se dilatan. No le gusta que se cuestione su autoridad. "Bien. ¿Quieres detalles? Le robó una niña a su padre. El padre había planeado enviar la niña a David Marks, pero Santino planea quedársela, lo que viola el contrato que Santino tiene para casarse con la niña Soritz.

"Kane Santino no se casaría con esa chica. Ella se acuesta con un miembro de su equipo". Y por qué Santino no se ha deshecho de ese miembro del equipo, no lo sé. Parece una decisión tonta, pero no voy a interferir. Si Santino tiene problemas dentro de sus filas, entonces tendrá que imponer disciplina. "En cuanto a la niña, no creo que la Iglesia deba facilitar el envío de mujeres jóvenes a un hombre llamado Butcher Marks que piensa que Aníbal es una inspiración y que una vez afirmó que la verdadera iluminación sólo se ve a través de los ojos de una persona moribunda".

"Él pagó bastante dinero por ella".

De lo cual el Obispo se llevó una buena parte, y si la mercancía no se entrega, tendrá que devolver el dinero.

"Hablaré con Santino. Todavía tiene a la niña. Veré qué se puede hacer. No es que Marks haya comprado al padre.

"Marks cree que la chica ha sido mancillada. Quería uno puro. Dijo que pagó por dos niñas y una de ellas está desaparecida".

Me quedo quieto. ¿Dos niñas?

"Debes encontrar a la otra chica, recuperar la de Santino, castigarlo y entregarle a ambas chicas a Marks. Una vez que hayas cumplido con tu deber, puedes venir y darme tu confesión". Agita una mano hacia mi cuello desnudo. "Obviamente estás involucrado en un comportamiento pecaminoso que necesitará ser santificado".

En silencio, me pongo de pie y le muestro la puerta a Bishop. Lars hace contacto visual conmigo por encima de la cabeza del anciano. Ha oído todo y se pregunta si vamos a la guerra. Le respondo que somos, pero no el que el Obispo cree que va a tener lugar.

CAPITULO 14

ÁNGEL

Creo que estoy perdiendo la cabeza. Porque juro que del otro lado de mi cama parecía como si alguien estuviera durmiendo allí. Tomé la almohada y la olí. No estoy loco. Ese es Bjornsson. Una vez más, tal vez me esté diciendo esto para sentirme mejor.

No he visto a este hombre en días. ¿Por qué se coló en mi cama? ¿Cuando se levantó y desapareció después de lo que pasó en el jardín? Antes no lograba que este hombre me dejara en paz y ahora no lo encuentro por ningún lado. Y créanme, miré.

Fui a buscarlo todos los días, fingiendo explorar la iglesia gigante o como quieras llamar a este lugar, tratando de encontrarlo sin preguntar. Nadie me detuvo, pero algunas puertas estaban cerradas. Algunos no tienen manijas para abrirlos.

Molesto por la almohada, la tiré al otro lado de la habitación antes de levantarme de la cama. Utilizo el baño para estar más presentable. No me molesté en quitarme el pijama. Los primeros días me cambié de ropa muchas veces.

Llegaron cajas de ropa de mi tienda favorita y otras más. Recordó lo que dije. Al principio me calentó el corazón. Los encontré después de regresar a mi habitación después del almuerzo. El armario estaba lleno hasta el borde. Pero después de unos días me dije que no tenía sentido.

La gente se mueve por este lugar como fantasmas. La ropa desapareció rápidamente. Ropa. No sé por qué lo necesito. No voy a ninguna parte. Bjornsson ni siquiera está aquí para que yo pueda presumir o bromear. Fue desgarrador cuando no regresó. Fue gracioso para mí porque fui yo quien se escapó de él. Ahora estoy molesto porque él no me molesta. Quiero irme, pero tal vez ese sea el plan. Poco a poco me volvía loco por contarles todo lo que sabía sobre Laurel. Espero que tengan un plan B porque es poco probable que eso suceda. Tengo que encontrar una manera de escapar, pero no estoy seguro de poder hacerlo.

Ahora que lo pienso, tal vez sea hora de que empiece a volver loca a la gente de por aquí. Pienso en lo que puedo hacer cuando voy a la cocina. No quiero desanimar a los demás. Quería molestar a Bjornsson. Me sentiría mal si comenzara a causar caos y destruir todo lo que pudiera tener en mis manos. Alguien más tendrá que limpiar, pero él trabaja para él. Estoy seguro de que todos saben que no tengo permitido irme. Me han secuestrado. Lo permiten, así que tal vez no tenga que preocuparme por quién tiene que arreglar la destrucción que causo.

Cuando pasé junto a una hermosa estatua sobre la mesa, mis dedos picaban por levantarla y tirarla. No puedo hacer eso. Era una madre sosteniendo a su hijo en brazos. Necesito una estatua masculina o algo así. Exploraré después del desayuno. Quizás así no seré tan gruñón y más racional.

"Hola", chirrié al pasar junto a un hombre que había visto varias veces. Normalmente me saluda con la cabeza, pero hoy rápidamente apartó la mirada de mí. El infierno.

Ni siquiera he hecho nada todavía. Ahora la gente no reconocerá mi existencia. No puedo evitar preguntarme si se trata de una especie de nueva orden que les dio Bjornsson. Otra forma en la que intenta aislarme para que le entregue la información que quiere.

"Pendejo", murmuro en voz baja.

El hombre me quita la virginidad y puf, se ha ido. Odio a los hombres. Son todos un montón de idiotas. Acelero el paso, con una determinación renovada corriendo por mis venas. Le mostraré a esta gente de qué estoy hecho. Pero primero necesito algo de comer. Quiero decir, si voy a causar caos, necesitaré mi energía.

Me congelo cuando escucho el sonido de una voz familiar. Mi corazón comienza a latir con fuerza. Lo sigo lentamente pero me detengo cuando llego al final del pasillo. Presiono mi espalda contra la pared y trato de escuchar.

"El padre de la niña no estaba muerto, pero ahora sí". Es él.

"Santino no lo mató. Quizás eso sea suficiente. Por eso el obispo quería muerto a Santino", responde Lars. Estoy tan callado que dejo de respirar.

"Santino ordenó matar al padre de la niña. Soritz lo hizo pensando que iba a sacar algo de provecho del trato. Lo único que consiguió fue que lo mataran a él también". Las palabras de Bjornsson están llenas de ira.

¿Están hablando del padre de Laurel? Tienen que ser. Sonrío, disfrutando la noticia de que el hombre está muerto. Su control sobre Laurel se volvió más loco con el tiempo. Pensé que estaba perdiendo el control. Sé que Laurel estaba tratando de ocultar lo mal que se estaba poniendo su padre, pero yo había visto las marcas en sus brazos.

Las últimas tres veces que fui a verla me dijo que estaba ocupada. Luego puf y desaparecieron. El edificio incluso había desaparecido. Volado en pedazos por Kane Santino después de comprarlo. Si se le puede llamar comprar. ¿En qué clase de mierda estaba metido el padre de Laurel? Ni siquiera puedo imaginar las profundidades en las que se hundiría ese hombre.

"Santino nos hizo un favor a todos al matar a Soritz. Era sólo cuestión de tiempo antes de que tuviéramos que intervenir. Ha estado fuera de control por un tiempo".

"Eso puede ser cierto, pero yo mismo quería matar al padre". Ambos se quedan en silencio por un largo momento. Me pregunto si se fueron.

"Él todavía querrá a las dos niñas". Lars finalmente habla, rompiendo el silencio.

"Santino nunca permitirá eso". Espera, ¿alguien más está detrás de Laurel?

"Es sólo cuestión de tiempo antes de que se den cuenta de quién y dónde está la otra chica. Pero la mancillaste".

¿Quién es la otra chica? ¿Mancillado?

Entonces me doy cuenta. Oh mierda. Soy la otra chica.

CAPITULO 15

BJORNSSON

"Te están persiguiendo", me dijo Santino. Sus largas piernas estaban estiradas frente a él y parecía muy cómodo. Él debería. Estábamos en un restaurante vacío conocido por ser el lugar favorito de Santino. Estoy seguro de que hay armas por todas partes. Quizás un cañón apuntaba a mi cabeza. Detrás de él había dos guardias, ninguno de los cuales parecía muy familiar. El secuaz que se acostó con la chica Soritz ya no aparece. Santino tiene que limpiar la casa tras eliminar a Soritz. Sobre la mesa hay un filete rojo y una copa de vino tinto. Singular porque Santino nunca come con sus enemigos. Podría decir que va en contra de su religión, pero estoy bastante seguro de que es agnóstico.

"¿Estás tratando de ponerme en contra de la Iglesia, Santino? Pregunto. "¿Cuál podría ser tu motivación? »

"Por supuesto que es por tu propio bien. Por supuesto, mis motivos eran completamente puros y no estaban llenos de interés personal. Las comisuras de su boca se alzaron en parte en una sonrisa y en parte con diversión forzada. "¿Es eso lo que le dijiste a Soritz antes de matarlo?" ¿Que fue por su propio bien?

"Joder, no. Le dije que lo vería en el infierno. Intentó robarme a mi hija.

"Tengo entendido que esa chica fue vendida a Butcher Marks. Soritz recogía artículos para un amigo.

"Laurel no es propiedad", gruñó Santino. "Y Marks no pondrá una mano sobre ella mientras todavía estoy respirando".

"Sí sabemos." Las órdenes del obispo eran destituir a Santino y restablecer el equilibrio.

La otra persona apretó los dientes. "No voy a sentarme aquí y decir que te voy a ganar. Sé que tenéis un pequeño ejército en el Monasterio y que hay algunas facciones en la ciudad que me odian y os apoyarán por malicia en lugar de lealtad a la Iglesia, pero llevaré a muchos de vosotros

55

a venir conmigo. Cuando te lastimes y yo desaparezca, toda la tierra caerá en el caos. Sé que no quieres eso, Bjornsson. Te preocupas demasiado por la gente de aquí así que te sugiero que busques otra alternativa.

"¿Por qué creo que la alternativa que quieres que explore es matar al obispo?" Porque esa es la única forma en que vive Santino.

Él se encogió de hombros. "Si tengo buenas opciones para ti, las pondré sobre la mesa cuando nos sentemos por primera vez".

"¿Por qué no me degollo ante la puerta del obispo y salvo a esta ciudad de la visita del Poder Supremo?" El obispo es sólo un engranaje de la máquina global que controla estos territorios. Santino y yo somos relativamente como hormigas. "Tal vez acabas de ser excomulgado o tal vez un poder superior te ve como el gobernante legítimo de la ciudad porque destituiste al obispo".

"Ambos sabemos que las cosas no son así. Sin la Iglesia, este lugar y otros similares se habrían derrumbado. Si me permitieran pensar creativamente, a mi papá en la ciudad vecina se le ocurriría una idea. El alto poder mantiene su control mediante una disciplina estricta. Quizás una forma de apaciguar a la Iglesia fuera ofrecer ofrendas. Entrega a la chica, consigue una sentencia más leve por el robo y todo se resolverá con un poco de derramamiento de sangre. Como Santino mató a Soritz, el Poder Supremo querrá un intercambio de sangre, pero podemos negociar que no sea muerte. Probablemente treinta días de palizas.

"No." Su respuesta es inmediata y enojada.

El amigo de Ángel debe significar mucho para Santino, lo suficiente como para que esté dispuesto a desafiar a la Iglesia a una lucha desesperada. El Alto Poder entrará y lo aplastará a él... y a mí.

"Tal vez deberías pensar en unas largas vacaciones". Si desaparece, quizás eso sea suficiente.

"Sé por qué no quieres renunciar a tu puesto", dice, "porque el Alto Poder te permite entrar en un establecimiento como este donde todos están armados hasta los dientes mientras tú no tienes nada más que tu teléfono y un cartera y tu collar. No temes nada porque si se inflige el más mínimo rasguño, el Alto Poder nos apuntará con sus cañones láser y nos aniquilará. Todos vivimos bajo esta nube, pero a ninguno nos gusta, ni siquiera a ti que te beneficias porque a cambio tienes que obedecerlos sin rechistar. Sé que no te gusta eso. Si quieres que desaparezca, tendrás que devolverme a la niña. Laurel la extraña".

"¿Qué chica?" Me fuerzo con toda la indiferencia que puedo reunir. Por dentro, mi corazón se acelera. Ángel no puede ponerse en peligro.

Santino suelta una risa aguda y se inclina hacia adelante. "¿Ver? Tenemos un objetivo común. Queremos proteger a los que amamos. Eliminemos el Alto Poder. Tú y yo."

"Hay muy pocas posibilidades de éxito. Me iré ahora". Me pongo de pie.

"Sabes dónde encontrarme si cambias de opinión", me llama Santino.

Una vez que estoy en el coche, Lars me pregunta adónde.

"El obispo."

Dijo que debería informarle después de haber evaluado la situación. Podría mentir y decirle que todo está bien y luego pasar los siguientes años apagando incendios para Santino para que parezca que todavía hay equilibrio entre las facciones. Su poder crecería, lo que tampoco es bueno para la ciudad.

"Estamos aquí", anuncia Lars.

Miro fijamente el rascacielos que alberga al obispo. Santino tiene razón en que el Alto Poder me da confianza de que puedo caminar a cualquier parte de la ciudad y nadie me tocará. Lo mismo ocurre con el obispo. Vive con un solo sirviente en un ático con una seguridad débil y fácil de eludir. Se cree invulnerable, pero sería muy sencillo entrar, cortarse el cuello y marcharse.

"¿Irás a confesarte?" pregunta Lars de nuevo.

Me froto la rodilla con la mano. Ha pasado un tiempo desde que vi a mi chica, ha pasado un tiempo desde que la toqué. Escucho informes sobre ella todos los días, pero no es suficiente.

He dejado a mi angelito desatendido durante demasiado tiempo. "No", respondo. "Primero necesito pecar de verdad".

CAPITULO 16

ÁNGEL

Miré la hora nuevamente. Si hay algo en lo que soy bueno es en entender lo que me rodea. Eso es algo que se aprende rápidamente cuando se es joven, al pasar de una casa a otra. Te adaptas y aprendes a quién evitar. Cómo funciona la casa. Tu mente te enseña a hacerlo sin que tú lo sepas. Los medios para protegerse están arraigados en usted.

Ojalá pudiera hacer un bolso, pero llamaría demasiado la atención. He pasado los últimos días con camiseta, calzas negras y zapatillas deportivas. Me até el cabello en una cola de caballo y luego lo torcí en un moño apretado en mi cabeza.

Inclinándome, me estiré. Han pasado dos días desde la última vez que vi a Bjornsson. Sí, lo escuché. Creo que no lo he visto en casi diez días. El tiempo comienza a desdibujarse. Ya ni siquiera lo siento en mi almohada. Dudo que estuviera allí en primer lugar.

Estaba tan seguro de que sentía algo entre nosotros, pero cuanto más pasaba el tiempo, más me preguntaba al respecto. Especialmente después de lo que le oí decir. ¿Qué pasa si sólo me mantiene aquí porque necesito entregárselo a otra persona? Al menos sé que Laurel no correrá este destino. No pensé que tendría tanta suerte. Sin embargo, me preguntaba qué pasaría si volviera a ir a casa de Santino.

Es curioso cómo el único hombre del que quiero deshacerme es aquel del que creo que debería huir. Miré la hora nuevamente.

"Llegar a tiempo." Suspiré, tratando de deshacerme de mi ansiedad. Sólo tendré una oportunidad de triunfar.

Una vez que sepan que descubrí esta pequeña ventana de tiempo, lo arreglarán. Tomé el libro de la cama y lo abrí, fingiendo leerlo mientras salía de la habitación, inclinando la cabeza al salir. Si alguien estuviera prestando atención, probablemente pensaría que fui al jardín a leer un libro como todos los días.

Pero ese no es mi plan hoy. Caminé por los largos pasillos sin mirar hacia la puerta principal de la iglesia. Mi destino es la cocina. Reduje la velocidad a medida que me acercaba. Miré dentro y vi la luz del sol entrando por un lado.

Cuando vi una sombra que bloqueaba la luz, di un paso atrás y esperé un segundo antes de volver a mirar. Mis ojos se centraron en la espalda de un hombre que llevaba una bolsa gigante a través de la cocina hacia la despensa gigante. Eso es todo. Me colé en la cocina, no queriendo llamar su atención. Ésta es mi única oportunidad, me dije. No puedo cometer errores. Tan pronto como mis pies tocaron el concreto, salí sin saber a dónde me dirigía. Mientras corría, el sol me cegó un poco. Escuché a alguien regañarme, pero eso sólo me hizo correr más rápido. Me ardían las piernas y me dolía el pecho, pero continué.

"Mierda", jadeé cuando vi una puerta trasera de metal gigante frente a mí. No sé si es un milagro, pero la puerta empieza a abrirse.

Corrí por la pequeña abertura que se ensanchaba. Casi choco contra un auto negro. Mi mano se posó sobre el capó del auto. Los ojos de Lars miraron directamente a los míos. Miré hacia arriba y vi una figura sentada en el asiento del pasajero trasero. Supongo que es Bjornsson.

Me lanzo hacia la derecha, sabiendo que Lars va a abrir la puerta para intentar detenerme, pero extiendo mis manos y se la empujo tan fuerte como puedo. Me sorprende cuando realmente se cierra. Aunque no por mucho tiempo. Oigo que se abre detrás de mí, pero no me vuelvo a mirar. Sigo corriendo.

"Míralo."

"Joder."

La gente me grita mientras me abro paso entre ellos, sin importarme con quién me topo. Suena una bocina cuando cruzo una calle corriendo. El sonido de los neumáticos chirriando para no golpearme. Aún así sigo moviéndome. Mi corazón da un vuelco cuando veo un autobús delante. Realmente podría haber un Dios.

"¡Esperar!" Grito.

El conductor del autobús incluso deja de cerrar la puerta y me deja subir. "Vayan, por favor", les digo en cuanto entro.

"Está bien." La mujer que conducía se marcha sin hacer preguntas.

Dejo caer la cabeza tratando de recuperar el aliento. "¿Por qué no te sientas?", le ofrece.

"No tengo un pase". Me llena por un segundo la preocupación de que todo lo que hice para escapar será en vano.

"Toma asiento, cariño".

"Gracias." Me dejo caer en el primer asiento. Algunas personas me miran con curiosidad, pero los ignoro a todos. Lo hice. Santa mierda. Debería estar feliz, pero mi corazón todavía está apesadumbrado.

"¿Necesitas que llame a alguien?" pregunta el conductor del autobús después de algunas paradas. La pregunta hace que se me retuerza el estómago. No hay nadie a quien llamar. Sacudo la cabeza.

"¿Qué tan al sur vas?"

"17."

Miro el cartel de la calle. "¿Ese es el siguiente?"

"Sí."

"Gracias", le digo de nuevo cuando el autobús se detiene.

"¿Estás seguro de que no quieres que llame a alguien? No tienes que bajarte".

"Estoy bien, pero gracias". Le doy una cálida sonrisa y me bajo del autobús. Sólo hay una caminata de tres cuadras hasta el edificio de Santino.

Rezo para no equivocarme con Santino ahora. Suena muy protector con Laurel. O me devolverá a Bjornsson o me dejará entrar. Me debato por un segundo parado afuera de su edificio. Quizás debería correr. Podría salir de la ciudad. ¿Y que? No tengo mi bolso. Lo único que tengo es la ropa que llevo puesta.

Nunca tengo la oportunidad de tomar mi decisión. Una mano baja hasta mi boca y un brazo alrededor de mi cintura. Mis pies dejan el suelo.

Un segundo después, me meten en la parte trasera de un auto y la puerta se cierra de golpe detrás de mí.

"Alguien ha sido una niña traviesa". Las palabras de Bjornsson encienden mi ira y algo más que no estoy dispuesto a admitir.

"¡Vete a la mierda!" Grito contra su mano, tratando de liberarme de su agarre. Carece de sentido.

"Lo siento, Ángel, pero me perteneces".

CAPITULO 17

BJORNSSON

Lars acababa de detener el auto cuando salí, Angel abrazó mi pecho con fuerza. Entré por la entrada y la puerta grande y pesada se cerró detrás de mí tan pronto como crucé el umbral.

"No los abras para conseguir nada del mundo. Doble protección en todas las salidas. Si Ángel escapa, los guardias de donde ella escapó morirán.

"¡Que no!" Ángel gritó, pateando y golpeando mi espalda con sus puños.

El guardia me saludó y salió corriendo a transmitir el mensaje. Subo las escaleras tres veces a la vez.

Al entrar a la habitación, la tiré sobre la cama. Llegó a la mitad del colchón antes de que la agarrara por la pierna y la tirara hacia atrás. "¿A dónde crees que vas?" Me desabroché la correa alrededor de mi cintura con una mano y rápidamente la envolví alrededor de un tobillo y luego del otro.

Ella luchó contra mi agarre, con los talones y los dedos de los pies apuntando. Recibí algunos golpes en mi brazo, pero no sentí nada. "Déjame ir. No puedes retenerme aquí". ¡Esta es America! ¡Águila! ¡Bandera! ¡Fuegos artificiales!"

Dejé de atarle los tobillos. "¿Fuegos artificiales?"

Sopló una columna de aire en el mechón de pelo que le caía sobre la frente. "La historia del 4 de julio. Libertad, ¿sabes? Levantó sus tobillos atados hacia arriba. "Lo contrario de eso".

Apreté los dientes para evitar reírme. Estaba enojado y emocionado, no divertido. "Te di la libertad y me la echaste en cara. Ahora estás encerrado en la torre.

"Ese es el segundo piso", interrumpió.

"Veo que después de atarte las muñecas a la espalda, tendré que amordazarte".

63

"Mejor no", gruñó entre dientes.

La energía fluyó a través de mí durante toda la guerra que ella estaba librando. Alguien como Ángel, alguien con fuego en las venas, hace que la rendición final sea aún más dulce. Mi polla palpitaba debajo de mi ropa.

"Pelea conmigo, Ángel. Lucha conmigo todo lo que quieras, pero seguirás siendo mi prisionero.

"Hasta que te aburras de mí".

Até el extremo de la cuerda alrededor del poste de la cama y luego caminé hacia el armario. El compartimento superior tiene dos cuerdas más similares. Los agarré y regresé. Ángel estaba ocupado desatando mi nudo. Ella no tiene éxito. Agarré una muñeca y la llevé a mis labios. "Va a ser un día frío en el infierno".

Ella siseó y trató de escapar de mis brazos. "Supongo que está nevando allí ahora mismo porque obviamente ya terminaste de jugar conmigo". Déjame ir. Santino me dará la bienvenida. Laurel no me rechazará.

Apreté ambas muñecas en un puño y la levanté hasta que su nariz tocó la mía. Lentamente, con voz amenazadora, dije: "Quemaré a tu Santino y a tu Laurel hasta convertirlos en cenizas". Me perteneces, ¿me oyes? Eres mío. Ni Santino, ni el Obispo, ni el Supremo Poder podrán capturaros.

"No sé quiénes son esas personas y no me importa". Ella no dejará de resistirse. "¿Qué era? ¿Algunos apuestan sobre qué tan rápido podrías quitarme la virginidad?

La agarro con ambas manos para que no pueda lastimarse. "Aún eres inocente, Ángel. Ni siquiera has probado lo que puedo hacerte, lo que te haré, y cuando termine, no me dejarás".

Le enrollo la cuerda alrededor de las muñecas y luego enrollo el extremo alrededor de la parte superior de los cuatro postes de la cama para que tenga que ponerse de rodillas. Su pecho se agita y sus mejillas están rojas. Está enojada y excitada. Puedo oler su calor húmedo. Sé que si la tocaba entre las piernas, quedaría empapada. Ella disfruta la pelea. Doy un paso atrás y empiezo a quitarme la bata.

Ella jadea cuando mi pecho aparece a la vista. "¿Por qué tienes tantas cicatrices?"

Paso una mano por las ronchas dejadas por látigos y heridas de cuchillo. Hay un agujero de bala arrugado en mi hombro y otro en mi cadera derecha. Mi espalda está aún peor. He vivido con estas marcas durante tanto tiempo que las había olvidado o, al menos, no había previsto que habría una reacción ante ellas. Todos los hombres aquí provienen del mismo entorno, de las mismas experiencias violentas. Las cicatrices no son más que signos de supervivencia.

"Estas son mis cicatrices de batalla, Ángel. Prueba de mi lealtad a la iglesia".

"¿Qué clase de iglesia es ésta?" Su ira parece haberse evaporado y reemplazada por confusión. "¿Eres siquiera sacerdote?"

"En este territorio, mi Abadía sirve como lugar que mantiene el equilibrio. Kane Santino está de un lado y gente como Soritz y Butcher Marks están del otro. Si no tienes una facción, el otro grupo gana demasiado poder y todo el territorio puede colapsar sobre sí mismo. La gente respeta la Abadía por eso. Me paso la mano por las cicatrices de mi pecho. "Para pertenecer a la Abadía hay que hacer voto de celibato. Se llama Iglesia porque seguimos al Alto Poder y porque comprometemos nuestras vidas para cumplir sus órdenes".

Camino de regreso a la cama en calzoncillos, desabrocho la cuerda y la empujo hacia abajo sobre el edredón blanco.

"¿Y retenerme es parte de tus órdenes?" Ella me mira a través de sus largas pestañas, viéndose particularmente vulnerable. Mi corazón se aprieta. Esta pequeña mujer va a ser mi fin. Puedo ver la mano oscura extendiendo su control sobre mi territorio. Antes nunca temí a la muerte. Es por eso que soy tan formidable, pero ahora... ahora no quiero nada más que vivir.

"No, retenerte va contra las órdenes, contra la Iglesia, contra el Alto Poder. Para retenerte, tendré que abandonar mis votos, luchar contra la Iglesia, derrocar al Alto Poder".

CAPITULO 18

ÁNGEL

"Björnson." Toda la ira acumulada en mi corazón se disipó rápidamente. "¿Tu mente lo es?" Me ardía la nariz mientras intentaba contener las lágrimas.

No quiero que renuncies a nada por mí. Tener que luchar para que estemos juntos me causó más cicatrices y dolor del que ya tenía. Nadie ha renunciado a nada por mí. "No estoy mintiendo, Ángel".

"Antes no se podían hacer muchas cosas". Para mi sorpresa, una sonrisa sexy pasó lentamente por sus labios. No sé por qué esto es sorprendente. Cuando se trata de este hombre, nunca sé lo que me podría pasar.

"Por ti haría cualquier cosa", aceptó.

Tuve que evitar suspirar soñadoramente. Nunca nadie me había dicho algo tan dulce. Quiero decir, este hombre puede haberme secuestrado dos veces, pero ¿cómo podría enojarme cuando dijo cosas tan dulces?

"Lamento haber huido. Hice-"

"¿Asustado?" Asenti. "No tienes miedo de que te haga daño". Se inclinó y hundió sus dientes en mi cuello, haciéndome jadear. Mis pezones se volvieron aún más duros. Luego chupó, calmando la mancha. "Creo que te gusta un poco de dolor". No se equivoca. Me di cuenta de que en realidad lo hago, pero sólo con él. Los pequeños momentos de dolor que me causaba iban acompañados de un sentimiento de posesividad. Incluso cuando me ató. Estaba muy enojado pero también muy emocionado. Soy impotente contra su control. Y por alguna razón, me gusta ese sentimiento cuando se trata de él. "¿Es eso lo que me hiciste creer? ¿Que te haría daño? Bjornsson levantó la cabeza para que sus ojos se encontraran con los míos. "¿Echarte?"

"Yo, ah..." Extendió la mano y ahuecó mi mejilla, acariciándome con su pulgar. Bjornsson también puede ser blando y duro. Me di cuenta de que yo era el único que realmente entendía su lado suave. "Sí, lo admito. Estoy buscando una razón para correr. Nunca he sentido las emociones que él me da. No sé cómo lidiar con ellos. Cuanto más lo quiero, más temo perderlo.

"No quieres que te lastime aquí". De repente, Bjornsson me rasgó la camisa como si fuera un trozo de papel. Me besó en medio de mi pecho.

"¿Estás diciendo que no quiero que lastimes mi corazón o estás buscando una excusa para enterrar tu cara en mi pecho?" Yo sonrío.

"No necesito inventar una razón para eso". Luego me quitó el sostén.

"Me asustas, pero no por la misma razón por la que todos los demás te temen".

"Me gustaría poder hacerte entender que no desapareceré ni terminaré contigo". Sus palabras me consolaron de una manera que ni siquiera sabía que necesitaba. Su fallecimiento me afectó más de lo que quisiera admitir. "Estás desaparecido", susurré. Fue quemado.

"Lo hice", estuvo de acuerdo. "Sabía que tenía que afrontar lo que estaba por suceder. Para protegerte. Si me acerco a ti, nunca haré lo correcto. Podríamos haber estado encerrados en esta habitación durante días.

"Pero viniste. Juro que pude olerte cuando me desperté esa primera semana, pero después de eso..."

"Me acuesto a tu lado mientras duermes. No puedo mantenerme alejado. Pero el control sobre mí mismo se va desvaneciendo lentamente cada noche.

"Apenas me conoces, ¿pero vas a renunciar a tanto por mí?" Voy directo al grano porque necesito saber si sus sentimientos por mí son tan profundos como los míos por él.

"Lo supe en el momento en que entraste a esta iglesia. Hay cosas que simplemente sabes sin lugar a dudas. Podría haberte dejado ir. Santino intentó recuperarte. No dejaría que te tuviera. Nadie puede excepto yo". Bjornsson va por mis pantalones, bajándolos junto con mis bragas, dejándome desnuda en su cama con él acercándose a mí.

"Y no me digas que tú tampoco lo sabías. No me has temido desde el principio. En todo caso, trataste de provocarme". Me lamo los labios. Ah, lo había hecho.

"Provocarte es lo que más me gusta hacer". Le sonrío.

No era ira lo que intentaba provocarle, era deseo. En el momento en que lo vi en sus ojos, ya terminé. Sabía que quería más. Que haría casi cualquier cosa para conseguirlo.

Para demostrar mi punto, lo rodeo con mis piernas, presionando mi sexo contra su pecho desnudo.

"No más carreras. Te ataré a la cama si es necesario".

"No me importó que me ataras. Lo disfruté bastante incluso cuando quería abofetearte". Paso mis dedos por su espalda, sintiendo sus cicatrices. Se hace pasar por un sacerdote, pero el hombre es un guerrero. Sin su bata, eso es fácil de ver.

"La próxima vez." Cierra los ojos por un largo momento. "Disfruto tu toque".

Mis toques no vienen con dolor. Vienen de un lugar de amor y... ¿acabo de pensar en el amor? Santo cielo. "Necesito estar dentro de ti".

"Entonces quédate dentro de mí". Me froto contra él, deseando una conexión más cercana con él casi más de lo que deseo mi próximo aliento.

"Ángel. Mi ángel". Dice mi nombre como una oración. Me dio un nombre. Alguien que se preocupa por mí. Ninguno lo inventé yo o el estado. No se puede negar la conexión que tengo con este hombre.

Me agacho entre nosotros y empujo hacia abajo sus boxers. Su polla se libera y se presiona contra mí. Puedo sentir lo grande que es. Intento rodearlo con mi mano, pero él me detiene, agarrando mis manos y sujetándolas sobre mi cabeza.

"¿Qué?" Resoplo.

"Puedes jugar todo lo que quieras, pero ahora mismo te necesito. Necesito este." Él guía la cabeza de su polla hacia mi abertura. "¿Por qué estás tan mojado, Ángel?"

"Las cuerdas." Me lamo los labios. "Tal vez el secuestro también". Gruñe algo en voz baja, pero no lo entiendo. Un dolor agudo se apodera de mi cuerpo, Bjornsson se desliza completamente dentro de mí. Una mezcla de dolor y placer se arremolina. Me encanta. Él está a mi alrededor.

"Sólo yo te tendré a ti." Él se retira y vuelve a empujar, haciéndome gemir. "Sólo tú me tendrás a mí."

"Bjornsson", lloriqueo, amando eso. Ambos nos estamos dando algo que nadie más podrá tener jamás. Tanto física como emocionalmente.

"Estás apretado". Empuja más rápido. Me maravillo al verlo moverse sobre mí. Mis manos todavía están sujetas sobre mi cabeza y él toma todo el control. No creo que ese control vaya a durar mucho. Yo tampoco.

Mueve sus caderas, empujando más profundamente dentro de mí. "Oh Dios", gemí. Todo mi cuerpo está en llamas. Estoy tan cerca.

"Dios no, Ángel, sólo yo", dice. El hombre es tan malditamente posesivo. Nunca tendré suficiente.

"Tú, sólo tú", estoy de acuerdo.

Empuja con más fuerza, haciendo que la cama cruje debajo de nosotros. Cuando los dedos de Bjornsson encuentran mi clítoris, estoy acabado. Grito su nombre. El placer estalla por todo mi cuerpo.

Deja escapar un fuerte gruñido antes de que sienta que el calor florece en lo más profundo de mí. Bjornsson se mantiene plantado muy dentro de mí, sin moverse.

"Nunca me dejarás". Un brillo oscuro brilla en sus ojos, su agarre en mis muñecas se aprieta.

"Nunca", estoy de acuerdo. No son palabras de amor, pero por ahora las acepto.

CAPITULO 19

BJORNSSON

Una explosión me despertó. Me senté de repente y tomé a Angel en mis brazos, con ropa de cama y todo. Al principio parpadeó aturdida, luego una leve sonrisa iluminó su hermoso rostro. "Björnsson." Levantó la barbilla para besarme pero yo retrocedí.

"Ahora no, Ángel. Tienes que ir a la caja fuerte. Corrí hacia el armario principal con ella y presioné el botón del obturador al lado del espejo largo en la parte de atrás. El espejo se abre. Puse a Angel en pie y le lancé un par de pantalones deportivos. "Vístete, Ángel".

Ella obedeció sin dudar. Mientras ella se ponía los calcetines y los zapatos, yo también preparé mi equipo, incluidas dos pistolas en cartucheras y cuchillos alrededor de mis tobillos. Tomé el chaleco de Kevlar y la envolví con él. "Sé que es pesado, pero por favor llévalo por mí, ¿de acuerdo?"

"Sí, claro."

Le estreché la mano y comencé a bajar las escaleras justo detrás de la puerta con espejo. A medio camino me invadió una ola de calor. Me detuve y escuché. El silbido del fuego y el humo susurró en el aire. "¡Joder! ¡Arriba! ¡Arriba!" Grité, me di la vuelta y la empujé escaleras arriba. El calor corre hacia mí. Cuando llegamos a la puerta del espejo, no me molesté en cerrarla y en lugar de eso la dirigí hacia el baño contiguo. La llevé a la bañera de azulejos y abrí el agua fría tan fuerte como pude. Momentos después, una bola de fuego atravesó el armario, lamiendo la pared de yeso y devorando todo producto inflamable a su paso. Fuera del baño, se escucharon pequeñas explosiones cuando los frascos de perfume y laca para el cabello estallaron por el calor. Abracé a Ángel con fuerza y le susurré al oído.

"Están quemando nuestras salidas de emergencia. Tendremos que salir primero. El monasterio es una gran plaza con paredes de ladrillo en el exterior y vallas de hierro con láseres rellenando los huecos. Debajo hay un laberinto de túneles y salas de pánico. El obispo tuvo que enviar a alguien a quemar los túneles primero para cortar nuestro camino.

"¿Por qué te atacó el obispo?

"Porque he cometido un delito y tengo intención de seguir cometiendo un delito".

"¿Pescar? Quieres decir..." Señaló la habitación.

Una sonrisa cruzó mis labios. "Eso pero también porque no mataré a Kane Santino. La desobediencia es un pecado. La fornicación es un pecado. Cualquier cosa que hagas y que el Poder Superior no quiera que hagas es pecado. Tengo suficiente. Además, no creo que estés contento si me deshago de Santino.

"Quiero decir, normalmente no me gusta matar gente, pero no conozco a Santino en absoluto, aparte de que conoce a mi amiga Laurel".

Se me escapó una breve risa. "Entonces, ¿Santino puede bajar?"

El rostro de Ángel se puso rígido. "No puedo retenerte si no estoy vivo, ¿verdad?"

No es una pregunta. "Estás absolutamente en lo correcto. Saldremos de aquí, Ángel. No te preocupes.

"No soy." Fue una declaración definitiva, sin ninguna incertidumbre.

Mi ángel. Ella no creció en un mundo normal con padres normales, y este mundo, con su violencia, gente extraña y circunstancias inusuales, no la molestaba. Besé su frente y la empujé hacia atrás. "Definitivamente le devolveré su confianza".

"Énfasis en la vida", chirría, y aunque su tono es brillante, sus dedos aprietan la parte de atrás de mi camisa.

"Exactamente." El fuego en el baño casi se ha extinguido y estoy tentado de dejarla aquí, pero con el sistema de túneles hecho pedazos y sin guardias a mi lado, es demasiado arriesgado. Vamos juntos. "Quédate detrás de mí".

El armario sigue ardiendo. Mojo dos toallas grandes en agua fría y coloco una sobre la cabeza de Angel y otra alrededor de la mía. Corremos hasta el dormitorio. Las cosas están ardiendo, pero las paredes son de ladrillo detrás de los paneles de yeso y yeso, por lo que no es el infierno que podría ser. En el pasillo hay más humo, pero las únicas personas que encontramos son cuerpos en el suelo. Me arrodillo y reviso el pulso. Muerto. Le doy a Angel un movimiento de cabeza. Ella hace una mueca pero se mantiene firme. Escucho un zapato raspar contra el suelo y darme vuelta, extendiendo mi brazo. Hace contacto con una mandíbula. Se oye un gruñido cuando el hombre absorbe el golpe. "Abajo", ordeno.

Ángel comprende que es para ella y se deja caer inmediatamente. Le disparo a la figura vestida de oscuro frente a mí. Cae, pero dos figuras más salen corriendo del humo. Derribé a esos dos. Las balas llaman la atención porque varias botas golpean el suelo. Me agacho y tomo un arma de uno de los caídos y la deslizo por el suelo hacia Angel. "Cualquier cosa que venga hacia ti, apunta y aprieta el gatillo. Retrocederá, así que debes prepararte", le instruyo en voz baja.

Ella me levanta el pulgar. El suelo se está calentando. Necesitamos llegar a las escaleras antes de que las tablas debajo de nosotros colapsen y nos atrapen aquí. Espero hasta que los cuerpos atraviesen el humo antes de disparar. No quiero que ninguno de los míos quede atrapado en fuego amigo. Elimino la primera fila antes de que mi clip esté vacío. Cinco cuerpos más caídos. ¿Cuántos envió el obispo? El Alto Poder podría enviar un ejército si quisiera. Un hombre se abalanza sobre mí antes de que pueda cambiar mi cargador. Clavo la culata del arma en su frente y agarro su mano de pistola, quitando la corredera por completo. Me empuja con su mano libre. Absorbo el golpe con un gruñido y luego le doy un cabezazo. Él retrocede tambaleándose. Siento un golpe en mi espalda y veo el cañón del arma que le di a Ángel en mi codo. Lo tomo, le disparo al hombre y luego se lo devuelvo.

"Somos un buen equipo. Movámonos antes de que desaparezcan las escaleras".

"Sí, señor." Incluso me saluda.

Su ánimo está alto incluso en medio de un incendio y un tiroteo. No podría haber pedido un mejor socio. Nunca se había visto más sexy ante mis ojos, incluso con el cabello enmarañado alrededor de su rostro, usando sudaderas grises y dos toallas envueltas alrededor de su cuerpo. Las ganas de devorarla son altas, pero tenemos malos que derrotar y un edificio en llamas del que escapar.

Manteniéndonos cerca de la pared, bajamos hacia las escaleras, pasando por encima de los cuerpos de los caídos. Hay doce muertos según mis cuentas. No pueden ser muchos más. Quizás otra docena, veinte como máximo. Tengo suficiente munición para derrotarlos a todos si soy cuidadoso y preciso.

En el rellano, hago una pausa y le hago un gesto a Angel para que baje. Nos asomamos por las escaleras. Más de una docena de hombres se agolpan en la entrada vestidos con uniformes de combate negros y rifles de asalto en los brazos. Todos llevan auriculares. Uno de ellos parece ser el líder. Tiene una tableta en la mano y señala las escaleras.

"¿Lo que está sucediendo?" Ángel susurra.

"Se están reagrupando y tratando de encontrar la mejor manera de atacar". No veo a ninguno de mis hombres en el suelo, pero hay rayas de cobre en el suelo que indican que alguien sangró y luego fue arrastrado por las baldosas de mármol. Lars no se encuentra por ningún lado, lo que probablemente significa que está muerto. Saco eso de mi cabeza. No puedo estar pensando en pérdidas ahora. Mi atención debe centrarse en sacarnos de aquí.

"Hay una terraza de piedra en el ala de invitados. Podemos saltar desde allí a las cocinas. Hay una entrada de entrega no lejos de allí. Estoy seguro de que habrá guardias allí, pero probablemente sean menos que los que hay abajo".

"Tú lideras, yo te seguiré".

Esta vez le doy a Angel un beso rápido y fuerte más para mi propio beneficio que para cualquier otra cosa. Ella sonríe debajo de mi boca y aprieta mis bíceps para animarme. Le quito las toallas ya que el peligro de incendio es mínimo aquí. Tendrá que ser rápida cuando crucemos el pasillo. Me dejo caer sobre mi estómago y empiezo a arrastrarme hacia adelante. Ella se da cuenta rápidamente y la dejo pasar. El mayor peligro serán los hombres que suben las escaleras y no quiero que ella sea el primer objetivo.

Angel es rápido y en poco tiempo pasamos el balcón abierto que da al primer piso. Saltamos y corremos hacia el otro extremo del edificio. Detrás de mí escucho gritos. "Sigue adelante", grito y me arrodillo. Disparo, empiezo a disparar. Uno menos, dos, tres y más. Sigo disparando hasta que mi clip está vacío. Hay cuerpos esparcidos por el espacio por el que acabamos de cruzar, pero más hombres suben las escaleras. El obispo convocó a todo un maldito ejército. Noto el tatuaje en la nuca de uno de los caídos. Es un cuchillo atravesando una guadaña: la marca del Carnicero. Agarro mis cuchillos de mis tobillos y lucho. Los dos primeros son fáciles, pero los dos últimos son ágiles. Se agachan y giran más rápido de lo que puedo moverme. Uno de ellos me clava una cuchilla en el hombro y otro en el muslo. Recibo varios golpes en la cara y en las tripas. Me duele el costado. Mi pierna está en llamas. Dejo de lado el dolor y recuerdo por qué estoy luchando, por quién estoy luchando. Cuando los dos últimos finalmente quedan desactivados, cojeo hacia la habitación del final. Sólo necesito llegar allí. Sólo unos metros más.

Con el último estallido de energía, cruzo la puerta y veo a Ángel en manos del Carnicero. Las puertas de la terraza están abiertas. Una ligera brisa mueve las cortinas contra la parte posterior de las piernas del Carnicero. Con un metro sesenta y cinco, el Carnicero no es un hombre grande, pero el cuchillo que sostiene en la garganta de Angel es lo suficientemente grande como para derribarla en una acción rápida. Sabe empuñar la espada. Dejo caer el mío al suelo y levanto las manos. "Lo que quieras, tómalo. Simplemente deja ir a la chica".

"Se suponía que ella era mía. El obispo me lo prometió". Él mueve su cabeza hacia un lado y pasa su lengua por su mejilla. Angel tiene arcadas y aparta la barbilla, pero la acción hace que el cuchillo le muerda la piel. La sangre gotea bajo el acero afilado. El Carnicero la levanta de un tirón y escupe en el suelo. "Ella sabe a ti. Podrido y usado".

La furia corre a través de mí, borrando el dolor de mis heridas. "Entonces déjala ir".

"Todavía puedo venderla", se burla.

"Sobre mi cadaver."

"Esa es la idea." Apunta la mano del cuchillo hacia mí, pero antes de que pueda soltar el arma, se dispara un tiro. Grita y agarra su mano, pero una bala en su frente lo acaba antes de que se complete el movimiento. Me giro y encuentro a Kane Santino detrás de mí con su pistola todavía apuntando al espacio vacío donde una vez estuvo el Carnicero.

"Escuché que la Iglesia te nombró enemigo número uno por no venir tras mí", dice arrastrando las palabras.

El alivio casi me dobla las rodillas. Me vuelvo para tomar a Angel en mis brazos, o más bien, ella hace la recolección, deslizando su peso debajo de mi hombro. "¿Por qué no viniste antes?" Ella le frunce el ceño a Santino.

"La información llegó tarde", responde.

"Mejor tarde que nunca." Intento apaciguar a mi ángel vengador.

"Humph" es todo lo que ella dirá.

"Construido con el mismo molde que mi Laurel", dice riendo.

"¿Alguno de mis hombres está vivo?" Pregunto mientras los dos me ayudan a salir cojeando del dormitorio.

"Bastantes", me dice Santino. "Creo que el Carnicero tenía grandes planes para venderlos".

"Estúpido." Esos hombres regresarían y lo matarían mientras dormía.

"Él no es—no era—se corrige Santino—"conocido por su brillo. Sólo su salvajismo. ¿Qué harás con todo esto? Señala las paredes carbonizadas y los cuerpos en el suelo.

"Limpiar."

"¿Y la Iglesia?"

Habrá que ocuparse del Alto Poder. "Yo me ocuparé de ello".

"Si necesita ayuda con el obispo, hágamelo saber", ofrece Santino.

"Puedo lograrlo yo solo".

"No hasta que te recuperes", declara Angel. "Y si tengo que atarte a la cama, lo haré".

"No veo cómo eso es un castigo". Sonrío.

"Lo harás cuando no recibas nada de mí más que sopa de pollo y vendas". Ella levanta la nariz en el aire.

"¿Ni siquiera un baño de esponja? Eres demasiado cruel".

"En ese sentido, me voy. Ustedes dos, tortolitos, manténganse a salvo. He apostado algunos guardias. Intenta asegurarte de que regresen ilesos".

Santino nos saluda con la mano y baja trotando las escaleras de piedra.

"¿A donde?" Pregunta Angel, mirando a su alrededor consternado.

"Hay una pequeña casa detrás de las fuentes. Iremos allí. Puedes darme órdenes mientras me curo".

"No obtendrás nada", advierte.

"Ya lo veremos."

EPÍLOGO

ÁNGEL

"¿Cómo llegamos allí?" Miré a Laurel ante su pregunta. Ella sonrió mientras el sol brillaba sobre nosotros. Estamos sentados en el balcón. Eso es todo lo que podemos sacar.

"¿Te refieres a encerrada en un castillo como una reina o en medio de una guerra? » Me río porque es una locura pero es nuestra realidad. Pasé de vivir en una capilla a estar encerrada en un castillo. Ni siquiera sé dónde estamos. Cuando miras por una de las ventanas, todo lo que ves son colinas y un estanque gigante. Estoy seguro de una cosa:

No estamos en los Estados Unidos. Nuestra gente insistió en que sería mejor si no conociéramos nuestro lugar. Supongo que tiene algo que ver con nuestra seguridad.

Laurel simplemente se encogió de hombros cuando nos dijeron eso. A ella no le molesta. Pensé que deberíamos saberlo, pero Bjornsson me miró como para decirme que no se movía. Me di por vencido porque estaba bastante seguro de que yo era parte de la razón por la que la capilla quedó parcialmente destruida. Sé que suena un poco loco, pero lo recuerdo. Es hermoso allí. Pero sobre todo extraño a Bjornsson.

Vinimos aquí para ayudar a Bjornsson a sanar, pero tan pronto como mejoró, supe que tendría que irse. Que había otras cosas de las que debía ocuparse antes de que pudiéramos dormir tranquilos. Cuando Santino llegó aquí con Laurel, supe que era hora de abordar estos problemas.

Algo bueno que sucedió fue que Bishop fue asesinado antes de que los dos pudieran despegar. Además, su cuerpo fue arrojado justo enfrente de la capilla. Bjornsson me dijo que probablemente se trataba de algún tipo de ofrenda de paz de la Iglesia, como a él le gusta llamarla. Los superiores necesitaban ser atendidos y sabían que él vendría. Intentaron hacer las paces con él porque temían que se enojara.

Dejé el libro, me di la vuelta y encaré a Laurel. Nunca la había visto sonreír tanto. Todas mis preocupaciones por salvarla de Santino ahora se volvieron ridículas. Lo más importante para Santino es mantener a salvo a su esposa. Es una locura cuánto puede cambiar la vida en tan poco tiempo. Debería acostumbrarme. Vivo en el sistema de cuidado de crianza. En cualquier momento, toda tu vida podría verse desarraigada. Puedes pasar de una casa decente a una ruinosa en un abrir y cerrar de ojos. Siempre es una broma.

"¿Crees que volverán pronto?" Miré por la puerta abierta que conducía al balcón y vi a Lars parado allí. Este hombre es mi sombra.

Él es uno de los muchos hombres aquí con nosotros. Por supuesto, Lars no quiere quedarse. Quiere ir con Bjornsson y Santino. Pero Bjornsson le dijo a Lars lo mismo que me dijo a mí, que tenía que saber que yo estaba a salvo para poder hacer lo que había que hacer. Y Lars es la única persona que puede darle esa tranquilidad.

"Yo tambien lo espero." Laurel puso su mano sobre su estómago. Ella está embarazada. La primera vez que me lo dijo, sentí celos. Sé que es gracioso. En apenas una fracción de segundo recuperé la conciencia.

Siempre quise formar una familia. Tener algo que realmente me pertenece. En ese momento supe que quería esto con Bjornsson. También le arrebataron gran parte de su infancia. Un nuevo comienzo es algo que a ambos nos vendría bien. "Ha pasado una semana", dije, haciendo lo mismo, colocando mi mano sobre mi estómago. Mientras Bjornsson se recupera, eso no nos impide seguir haciendo algunas cosas. No puedo resistirme a él.

Laurel pensó que estaba embarazada. No le pedimos a nadie que venga y nos haga una prueba de embarazo. Ha habido muchas señales de que lo soy. Pero todavía no puedo decírselo a Bjornsson. ¿Qué pasa si nunca tengo la oportunidad de decírselo? Intenté no entrar en pánico. Volverá, me dije.

"Es uno de los lugares más seguros en los que he estado, pero todas las noches me siento lleno de miedo", admití. No saberlo me está volviendo loco poco a poco.

"Santino y yo no hablamos mucho sobre su trabajo, pero sé que mi marido es un hombre que da mucho miedo". Ahora ella se volvió hacia mí. "Me dijo que Bjornsson no es alguien que se enoje fácilmente. Especialmente ahora que tiene algo por lo que está luchando. No debilitamos a nuestros hombres. Los hacemos más peligrosos.

Antes de que tuviera tiempo de responder, escuché un helicóptero. Ambos bailamos.

"¿Lar?" Mi corazón sollozó. Intento no hacerme demasiadas ilusiones.

"Son ellos, de lo contrario dispararé al cielo".

"BIEN." Porque es una cosa en mi vida ahora. "No corráis", nos llamó. No lo sabemos. Bajamos las escaleras y nos dirigimos a la puerta principal. Dos hombres se pararon allí y los detuvieron.

"¡Puedes abrirlos ahora!" Grité, incapaz de detenerme. No se nos ha permitido pasar por estas puertas desde que entramos. Los hombres retrocedieron, pero no los obligaron a abrirlas. Estaban abiertos.

Mis ojos se volvieron hacia Bjornsson. Corrí y salté a sus brazos. Él me atrapó. Lo besé por toda la cara antes de que me agarrara del pelo para mantenerme quieta. Su boca capturó la mía en un beso profundo. No se necesitan palabras en este momento. Vertí todas mis emociones en el beso. Estaba tan perdida ante la idea de volver a verlo que ni siquiera sentí que se moviera. Cuando Bjornsson empezó a tirar de mi ropa, abrí los ojos. De alguna manera estamos en mi habitación.

"¿Me extrañaste?" Bromeé con él. Él simplemente gruñó, rasgando mi ropa interior en el proceso. Me agaché y toqué la cintura de sus pantalones.

"Quiero saborearte."

"Dentro de mí. Necesito sentirte dentro de mí", le rogué. Él gimió pero me dio lo que quería.

Bjornsson entró sin quitarse la ropa. Ambos perdimos el control. Me envolví alrededor de él cuando ambos alcanzamos nuestros orgasmos. Ha pasado mucho tiempo.

"Creo que estoy embarazada", susurré. Bjornsson levantó la cabeza para mirarme.

"Eso esperaba". Una sonrisa apareció en mi rostro. Bjornsson lanzó uno hacia atrás, haciendo que mi pecho ardiese.

"¿Está todo gestionado? »

"Sí" fue su única respuesta sin decirme más. No lo necesito. Sólo lo necesito.

"¿Esto significa que podemos irnos a casa?"

"Ya estoy en casa." Él me besó. "Te amo mi ángel."

"Yo también te amo, Bjornsson".

Nunca he creído en el destino, pero creo firmemente que Bjornsson siempre será mío. El camino de mi vida me llevó a él y no cambiaría nada.

Bjornsson tiene razón. Finalmente ambos estamos en casa.

Don't miss out!

Visit the website below and you can sign up to receive emails whenever Anna Gary publishes a new book. There's no charge and no obligation.

https://books2read.com/r/B-A-DSPAB-VLNQC

BOOKS 2 READ

Connecting independent readers to independent writers.

Did you love *La Compleja Mujer Fatal*? Then you should read *Gemelos Dobles*[1] by Anna Gary!

[2]

Emilie:

Estoy enamorada de mi vecino Jason desde que tengo uso de razón. Es alto, tiene los hombros anchos, el pecho esculpido y unos abdominales de infarto que hacen que todas las mujeres de nuestra pequeña ciudad saliven de deseo.

Lástima que Jason tenga 45 años.

Lástima que yo aún esté en el instituto.

Pero eso no detiene a mi hermana gemela. Verás, Janine está saliendo en secreto con el hermano gemelo de Jason, Tucker. Sí, son dos pares de gemelos... que se desean.

¿Qué podría salir mal?

---

1. https://books2read.com/u/38Yrp6

2. https://books2read.com/u/38Yrp6

Jason:

De ninguna manera me voy a involucrar con la niña que vive al lado.

Emily es inocente y dulce, aunque su hermana gemela esté más loca que nada. Verás, mi hermano Tucker está saliendo con Janine, excepto que yo no lo llamaría "salir" exactamente.

Yo lo llamaría sucio como la mierda, más loco que un murciélago del infierno y más sucio que tu fantasía porno más sucia. Como dice Emily, son dos pares de gemelos... ¿qué podría salir mal?

Also by Anna Gary

Marriage vierges
Le Mari Étrangement Vierge
L'épouse étrangement vierge
Etrangement Vierge

Sacré Élevage
Sacré élevage 1
Sacrée élevage 2
Sacré Élevage 3
Sacrée élevage 4

Standalone
Double Jumeaux
La Femme Fatale complexée
La fille Riche de la Ville
Jusqu'à ce que je captive ton cœur
Quelqu'un Juste Comme Toi
Un Grand Risque à Prendre
Un Milliardaire qui a Besoin d'une Femme
Frêne doré

Le retour du mauvais garçon
La Jeune Musulmane
Dose de domination
La Transformation de Sandra
Preuve d'adultère
Tomber Amoureuse de son Voisin
Le Mangeur de Chair
L'embrasser jusqu'au bout
La Ligne à ne pas Franchir
La Première Fois de Stéphania
Séduit par Fiona
Le Plus Grand Braquage
En Avoir Assez
Totalement Beau et Interdit
Le Voisin Intimidant
Gemelos Dobles
La Chica Rica de la Ciudad
La Compleja Mujer Fatal